ロッキーたちの青春

谷岡浩三

TANIOKA KOZO

幻冬舎MC

ロッキーたちの青春

目次

〈この世にし　楽しくあらば　来む世には
虫に鳥にも　われはなりなむ〉
（万葉集　大伴旅人）

序章　浸潤な虐め

いくばくかの雨粒が大地に沁み込むように少しずつ、陰惨に人を貶める老獪な手段がずたずたに私を蝕む揶揄が襲い掛かる日常と鬱積には限界がなかった。

寒波の分子が無遠慮に膚に差し込むような痛が走る惨い日々の誹《そし》りや虐めが、幼い私の心を無秩序に破壊し尽くし、紫色に染まる膚の激痛に転げ回る悲しみは、哭泣と悲愴だ。


人が泣いた人に泣いた虐めに泣いた。

人が虐める人は虐める人と虐める私を虐めるああ無情私は泣いた。

無遠慮な誇りに傷付き、無神経な揶揄に苦悩し、浸潤の縉《しん》に呻き、そして膚受《ふじゅ》の愬《そ》に泣きじゃくる。

嫌がらせへの日々の屈辱と侮辱と凌辱、数々の羞恥心には阿鼻地獄、無際限に耳朶を叩く不協和音に私は絶望へと崩れ落ちる。

癒えることがない、解決への糸口が否めない数々の嫌がらせと、虐めを追い払う手立てはないものか。

理想的な私の立ち位置からの脱皮は不可能か、過酷な時処位が悲劇を助長するのか。

嫌がらせへと日々繰り返す執拗な侮辱と恥辱は苦痛、無際限な浸潤の虐めは悲劇と宿命なのか。

日々募るばかりの悲しみと苦痛を抱えて、登校下校時に加虐と苛虐が襲う恐れ戦く不可不は、不安と恐怖に等しい。

おどおどとそばを通り抜ける瞬時の衝撃と脅迫観念は、二律背反の恐怖に怯えた私の必死な思いと、不可避な反骨精神が無際限に穿つ時系列は必然だった。

振り返って相手の表情をそっと窺う斜視と仕草には、胸を撫でるような安堵感と喜びが交錯する皮肉な現実に安堵する。

私がそばを通って逃げ帰るように歩道を私道を農道を懸命に走る必死な思いは、登校下校時の私のいつもの習慣だ。

日々無際限に広がって行く浸潤な仕打ちと精神への負担と衝撃に指先が震え脅える。無我夢中で我が家に飛び込む悲愴な瞬間、清々しい表情は家庭的だが個室では泣き喚く悲しみは、不登校と退学を促す究極の時間帯だった。

机に触れ伏して涙を流す健気な乙女の心臓が、破裂寸前へと荒々しい呼吸を繰り返す鼓動は滂沱《ぼうだ》の涙、不測の事態の発生に怯えていた。

掛け替えのない教科書やノートが溢れる涙に染まる斑点の数々は、泣き叫ぶ乙女の切実な時処位を物語っていた。

窓を押し開けて「月よ星よ」、「星よ月よ」と夜空を崇める破瓜の重苦しい心境を歌う哀歌では癒えない日々、苦痛と苦節も限界へと鬱積する。

私が辿る日常生活は苦海か苦界、人間そのものが純粋に生きて行く過程での苦悩は必然の苦諦か、煩悩は破瓜が社会で体験する必要悪の一つなのか。

おかめな表情は母から頂いた、私の幸せと喜びを願って産んでくださった、たった一つの…私の美貌だ。

私のどこが可笑しいのか、見窄しい格好での登校下校がそんなに可笑しいのか、それが一斑全豹的な虐めへの大きな原因なのか。

背負わなければならない宿命的に過酷な、絶対に避けては通れない悲しみと忍耐は、母から受け継いだ崇高で立派な遺伝子だ。

お前たちは自分が背負う必定の、避けては通れない絶対の宿命を避けて通る、絶妙な手段を叶える方便や便法、当意即妙な考え方で活路を見出しているのか。

引き出しの中に見え隠れする鋭意な刃物を視線が捉えるが、鋭い刃部が冷静と自若を促し、そして私の鬱積する心をそっと癒した。

あどけないいく無邪気な私に微笑みが湧いた。

社会の渕瀬に抗い背反と虐めに堪えて真っ直ぐに生き方を模索する破瓜の真摯が、混沌と混濁へと不自然に戸惑う苦痛が無上に悲しい。

正義とは論理とは人権とは何かと考えるほど甘くはない薄幸な現実を歩む破瓜が悲しく辛い。

だか、主義主張や信念信条が叱咤激励する、自分を励ます良心の寡黙と張り合う凄絶な心の中での葛藤と生存意識が、自己誘導型の努力を誘導する根幹と盤石は本物だ。

奈落のどん底からわななきながら模索する高貴な生き方への憧れと、方針と願望が崩れる悲劇だけは偏執的だが御免被る凄絶な生存意識は破天荒だ。

この世の中は天国か地獄かと考える愚かさと諦念、自意識と自我と信憑が私の励みだ。

外洋へと乗り出す超一流の決断と気概が、三流へのちっぽけな勇気と視野狭窄へと衰退する哀しい日々、襲い掛かる挫折と絶望感には確かに途方に暮れる。

嗚呼、教室が怖い、放課後が怖い、独りが怖い、嫌がらせへの不文律か罷り通る校舎は、悪魔の住み着く常住不断か生往異滅なのか。

極限の闇が覆う教室の中に一人で蹲る学童に、生殺与奪が襲う不可解が罷り通る恐れは真実、針の筵だった。

学業に励む私たちを無遠慮に襲う膚受の虐めの数々が、無際限に蔓延る加速する哀しみとの対話は生き地獄に等しい。

日々校舎の中で独り窮地窮状にのた打つ我が子の不安と恐怖、深怨は生き地獄、行き悩む忍耐と混迷は、悪戦苦闘と苦戦苦闘だ。

儚く脆い日々の隠微な悲しみと苦痛は、黄泉へと誘う悪魔が跳梁跋扈《ちょうりょうばっこ》する黄泉道への世界だ。

なす術のない当惑と戸惑いと、手の施しようがない屈辱と憎悪と、怨念と恨みの数々が破瓜を蝕む悲劇と暗涙には限界がない。

生殺与奪の不文律が跳梁闊歩する学業の合間に発生する不可測な事態への敬遠と、敵対的な解明へのカウンターカルチャー、薄境を覆す私の帰納法の一つに違いなかった。

そして私は、カウンターフォースな学童の一人に違いなかった。

暗闇な夜空へ向かって叫び続ける学童の積怨や怨念、哀哭への保護と厳粛な言葉は唯一つ「助けて」、だった。

そうなんだ、私はいつも校舎の片隅へと追い遣られて、一瞬の身動きもできない悲しい身の上話の主人公だ。

孤独無縁な、過酷な形質が夜空に向かって喚きのた打つむき出しの日々の、やり場の無い鬼哭啾々《きこくしゅうしゅう》は、阿鼻叫喚の巷だった。

幸せと向学心を胸襟に散っていった天使たちの悲愴な声が耳朶を叩くこれはこの世の夜

叉羅刹の巷に等しい。

もっともっと楽しく面白に空の下で生きていたかった夢と希望が夭逝に終わる悲痛な泣き声が闇で喚く。

止めどもなく続く断続的な虐めと嫌がらせへの怨念と恨み、憎悪と敵意は無限大に敷衍《ふえん》する悲しい現実が見え隠れする。

秋の月とは衆生へ誘う光明よ私への光明は差すのか否か光輝に満ちた青春が来るのか否か。

幸せへの一途な思いと願望が餓鬼偏執の一廉の努力を促す執念は私の破天荒だ。

忍耐への限りない闘争心と熱い思いが無限の私を導く一廉の破天荒な戦いに絶望はない。

遂に極限へと至る苦しみの一つ一つが、悲しみの一つ一つが怨みと憎悪、忍耐もそろそろ限界を迎えていた。

お前に遣り返す機会はあるのかないのか、千載一遇の機会はたった一度の、卒業試験の最終日だ。

「歌は社会と絆を結ぶ愛の懸け橋苦痛を癒す愛の城私と結ぶ表徳碑
喧嘩すれば胸糞悪い社会が笑う僻む仕返す相手は理不尽な奴への反骨精神
言葉を交わす相手次第で笑顔が零れる心が弾む歓喜が欲しい無際限に
笑って過ごせる社会があれば私の歓喜が調子付く人々に夢が広がる
博愛の嵐が吹けば憂き世も浮き世も奇跡が起こる私の惨い青春が笑顔に変わる
雨次第で瀬が淵に淵か瀬に魚が泳ぐ私が泳ぐ笑顔で零れる社会が欲しい
天真爛漫な社会であれば飛び込んで無我夢中で仲間入り夢が広がる歓喜が湧くぞ
胸を打ち激しい口調で真実を語るお友達がおれば教えてよどこかにいるいるはずだ
私は社会の変わり者論理が羽搏く愉快な真実を語る発想と希望があれば即驚嘆と歓喜
底なしの沼から這い出す方法があれば教えてよ孤独が癒える私は機宜が働く俊敏だ
日々の戸惑いと惑乱いつまで続くか懸命な対案を模索する苦節は苦闘そろそろ限界
私は社会の落ち零れ人々が侮る誹る呼び捨てる根無し草住処は山麓湖畔廃虚一軒家
夜の帳が下りると暗闇の孤独に慄く悲しみと時間の流れは破瓜が辿る地獄の闇だ
私を救う衆生の光明があるのかないのか光輝が輝く夢があるのかないのか未知数

私は泥水に息づく雑魚か泥沼の中で太陽の照り付ける暑さにのたうつ小魚なのか
青春の不文律は絶望か希望か社会のきてれつ石が流れて木の葉が沈む矛盾の数々
この世は天国か地獄か伏魔殿喰い千切る精悍な生き様が自己誘導型の私の盤石
可哀そうな青春の徒《いたずら》な時間が無際限に過ぎる陋巷でさ迷ういつ果てるのか未知数
深淵な深遠な深刻な深甚な未解決に挑む過酷な破瓜はじっと我慢の中に夢を追う
この世の中で不可避なものは何かと考えれば途方に暮れる暮れる途方に私が鬱血
夕暮れの山の向こうの茜色に轍で泳ぐ小魚の様な悲しみが込み上げて来る帳か辛い
ずるずると果てしない夜と昼絶望と挫折感が加速する戸惑いと惑乱限度は無限大
襤褸布のようにずたずたに私の破瓜を切り裂く魔物に私に取り憑いてくる私を虐める
幾許かの雨粒が大地に沁み込むような浸潤な虐めが私を寸々に切り裂く仕打ちは惨い
揶揄が罵る針を刺すような苦痛が日常の私を虐める膚受の愬に哭泣悲愴な現実
這いずり回って探し回って歩き回ってどこへ辿り着くのか不可量垣間見えぬ夢と港
たった一条の輝く夢の世界はどこにあるのかあるのが可笑しいのかこれが世の中か
私の描く幸せもあるべき青春の楽しさと喜びがどこかへ飛びたった儘で帰らない

暗闇の扉を開く懸命な努力が悲しい哀れな徒労に終わる日々の呻吟《しんぎん》とさ迷う結末
厭離穢土《おんりえど》は卑怯者私は逃げないどこへ逃げるか逃げ場がない背後は三途の川と山道
土砂降りの雨が降り頻る蹌踉な路面に躓く死に物狂いな努力は不死鳥命脈への根幹
苦節に堪えるたた一つの戦いだけが叶える頑張リズムは信条と信念主義主張だ
高い空を見上げれば月よ星よと崇める清浄玲瓏が広がる星空が叱咤激励喜びの一つ
いつかいつなのか深淵な闇から這い出す喜びに浸る青春の歓喜はいつになるのか
たった一つの夢を追い掛けるしどろもどろな闘争心と気概が宿る破天荒な夢物語か
抜け出したい胸糞悪い渕瀬から漆黒の闇から永遠に日々募る社会への抗い徒労か
悲しい宿命に堪えてのた打ちながら挑む死闘は夢を追う私の渾身の力が働く盤石だ
どんな試練に見舞われようと夢を追い掛ける死に物狂いな真実への冒読は不可能だ
どこかにあるぞあるはずだと四至牓示《しじぼうし》を手探りで探す標榜は闇の中に潜む一条の光
今日もまた振出しに戻る苛酷な一日真っ向に挑み掛かる健気が途中で萎れる悲しみ
そうよ私はいつも社会の片隅へと追い詰められて身動きができない悲しい身の上だ
いつも私を支える物がない一人旅の寂しさだけが私を励ます意地らしい日々の死闘

どんな小さい夢でも夢は夢大きく膨らむ素養の夢はどこで咲くのか佳和がない困惑
大空へと舞い上がる小鳥たちが羨ましいのなんの私は社会をさ迷う根無し草溢れ者
二度三度と崩れかかった悲しみから立ち直る必死な努力が叶えるたった一つの笑顔
社会の末端でのた打つ哀れな青春がどこから這い出すどこへと這い出る港が見えぬ
ああ死に物狂いな努力ってどんな苛酷から這い出す試練なのか今日もしどろもどろ
いつも常に人々よりかずっと高い所で過ごす夢と野心が未完な日々は煩悶と鬱積だ
胸に抱えた板切れを五本の指で押さえての爪弾きが素晴らしい音色がいつも挫折
皆が見捨てた一人ぼっちの私生きている人間の証として意図的に微笑む悲痛いかに
自己誘導型の青春はどこで足踏みするのか不断の努力って一体何なのかと自問自答
人々が私を避けて通るなぜ避けるのか私のどこが嫌いか教えてよ私は辛く悲しい
おかめは私の美貌温厚な素朴な誠実な穏健な柔和な私の素顔母からの素敵な贈り物
よれよれの草臥れた靴のどこが可笑しいのか私の家ではこれが最高の履物の一つ
平気よ平気だがよれよれな制服が汚れ放題のどこで洗うか場所がない家庭の貧窮
洗濯機ってどこの家庭にもある近代の高等な生活手段私の家庭は手洗いと天日乾燥だ

お母さんが入学式に縫ってくれた新品のスカートは着替えのないたった一着の正装
隣の厚意で頂いたカバンは破瓜が歩む全てを持ち運ぶ大事な私の宝物が私を激励す
私が社会の頂点と伸し上がる大切な教材を収納するカバンは私の家庭の全財産だ
笑いたい奴は笑え私はこの教材を糧に社会の頂点へと伸し上がる「強かに準備中」
大事な勉強を疎かにはしない向上心と努力の数々は私の破瓜を支える私の全人格だ
登校するたびに先生が私を励ます教科書を抱えて登校する私の夢は数年後だ
一本の短い鉛筆は先生の教えをノートに刻む備忘録への記録と勉強への資料だ
お前たちが捨てるような一本の鉛筆を頼りに勉学に励んだ向学心は在るのか否や
先生のおっしゃる一つ一つを漏れなく記録するノートには空白のない夢への抱負
お母さんがどこかのスーパーで買ったカップ麺は私の腹を支える栄養食だ
早く立派に成長してお母さんと一緒に美味しい物を頂く楽しみが一つある
ハングリー精神が私を叱咤激励する日々の努力は明日の私への確かな全人格だ
早く大きくなって社会で活躍したい思いが執念の破瓜が今日も勉学に励む闘争心
血の出るような努力で不安と恐怖に立ち開る凄絶な気概と熱意は健在破天荒に挑む

ちっぽけな命本当にちっぽけな青春が頑張リズムに潜む野心は餓鬼偏執無上命法
ケセラセラと自らを懸命に励ますが明日の事などは誰も分からない歌が笑って来る
青い鳥って社会をさ迷い歩く根無し草かいつも私と一緒にさ迷う優曇華の花かな
私は喘ぐ浸潤の縉に喘ぐ膺受の塑に喘ぐ呻吟に喘ぐ不安と絶望に慄く日々の恐怖
浸潤の虐めや膺受の虐めはムンクの叫びああ私の哭泣流れを止める川もある」

「卒業試験も今日で終わり
最後のチャンスを見逃す優柔不断な考え方では未来永劫へと後悔と失望が襲う
自分を百％危険に曝す大胆不敵な手段こそ確かな戦略と戦術行動科学は知恵と武器
不羈奔放に振る舞う暴戻な奴の前に立ち開って蛇を片手に顔面へと射竦めた
あの野面の無遠慮な悲鳴は奴の脆弱な個性を物語るそこを衝いたら彼は怯えた
臆病に教室を逃げ回る滑稽な出口を見失うほどの惶遽《こうきょ》は傑作扉に激突の失態と醜状
アンダードッグ効果に教室が湧き返る逆転に歓喜する生徒たちの満面な顔顔笑顔
私がそうであったように皆がそれぞれの憎しみを抱く浸潤に泣いた被害者の一人

胸糞悪い奴が滑稽に逃げ回る狂態は愚か者が最後に辿る傑作な形質が滑稽で面白い
蛙をカバンに入れられた生徒がカバンを踏み付けて歓喜する磊落《らいらく》な姿は意地らしい
度々の落書きで教科書が汚れた生徒の鬱憤は無遠慮に踏み付けるノートは泥塗れ
一人一人の過激な鬱憤と爆発で乱れ飛ぶ相手のノート教科書は散り散りバラバラだ
奴の大事な持ち物がどこかへと吹っ飛ぶ皆の歓喜が叶える遣りたい放題したい放題
胸糞悪い相手への嫌がらせは徹底的に破壊へと導く荒っぽい手段が正当な反骨精神
大勢の前で笑い者にされた生徒の怒り狂った反撃は奴の机への荒っぽい落書きだ
椅子を振り上げて遠くへと投げ捨てる手荒い手段を選ぶ生徒は純朴で寡黙な少女だ
膺受な虐めに泣いた少女の憤りの爆発は滂沱を流し乍彼のノートを切り裂く苛烈
社会の秩序に脅えたような大人しい振る舞いが礼節的な少女が荒れる荒れる無遠慮
暴動のような教室を垣間見た先生たちの慙愧と驚愕と驚嘆そして後悔と戸惑いと困惑
何とかならないでしょうかと先生に問い掛けた生徒たちの憂さ晴らしと狂喜に驚愕
私へのハグは敬意だ尊敬だ讃美だ勇気だ呼び方まで鄭重な極まるもてなしに預かる
生徒の暴動のような歓喜が校舎を揺さぶる雄叫びと鬨《とき》の声が校舎に木魂す効果覿面

父兄たちは向こう見ずに立ち開った私への讃辞に立ち竦む戸惑いと惑乱は露わだ
私の機智と戦略は成功だった

もう泣かない泣いてたまるかめそめそするなよくよくよするよ情けない
明日の事など分からない誰にも分からない社会の闇よ私の闇よ港が欲しい
ああ私を励ます言葉がほしい笑いが零れる愛がほしい私を励ます人が欲しい
夢を支える言葉がほしい笑い合える言葉がほしいどこにあるのか模索する
日々笑った記憶はないけれど泣き笑い忍び泣き悔し泣きレアケースな真実
今宵も泣いた虐めに泣いた泣かない夜が珍しい
人目を凌いで泣く顔は健気な乙女の悲劇を語る
私が喜ぶ言葉をおくれ愉快な快活な言葉が欲しい心が癒える愛と誼
涙が鍛えた私だからいつも波頭を越えてまっしぐら港を目指す意気込みは凄絶だ
私の夢はたった一つよ追い掛ける凄絶な魂女心が天を仰いで夢を追う
ダンスは二人で一組の集団一人では寂しく夢が萎れる

一人でできない小さな夢が二人で組めばできるはず
誰と組むのか相手が欲しいどこにいるのかそんな健気な奴は
どこかにいるぞいるはずだ夢が広がる希望が騒ぐ面白いさあダンスを踊ろうよ
奇跡の愛でも芽生えたら真っ向うに立ち向かう真っ直ぐに突っ走る
どこにあるのかそんな夢
どこかにあるぞあるはずだ
ないのがおかしい世の中だ
いつも努努夢見て励む私は街の果報者
この忍耐の向こう側のどこかに私の微笑む道が広がる」

娘が、透き通った声で切々と歌う。買い物を急ぐロッキーの耳朶にも、悲愴な歌詞が飛び込んで来た。
歌詞の内容から、娘が懸命に歩んで来た過酷な青春の断面を思い浮かび、ロッキーは無関心ではいられなかった。

カンデラ、パンなど当座に必要な什器など大量に買い求めたロッキーは五個、大きな袋を胸に抱えて出て来た。

外へ歩み出ると、数十名の人々が取り囲み近く遠くから、感動的な表情で見守る衝撃的な姿が飛び込んで来た。娘を射竦めたあの粗雑な男の、歓喜に満ちた表情が目撃された。彼らは、精悍に歩む娘の物語に感動した面持ちだ。

「一人で出来ない小さな夢が、二人で組めばできるはず。誰と組むのか、相手が欲しい。どこにいるのかそんな健気な奴は。どこかにいるぞいるはずだ。夢が広がる希望が騒ぐ、面白い。どこにあるのかそんな夢どこかにあるぞあるはずだ。この忍耐の向こう側のどこかに、私の歩む道があるか」

ロッキーは歌詞に共鳴し、鸚鵡返しに歌った。ロッキーは、笑顔を浮かべた。久しぶりに笑顔だ。

「大丈夫か」

ロッキーは聞き質した。

「何も食べていなかったのでつい、手が伸びたの」

「ああ、そうか。気にするなよ。いろいろある。食べるか」

ロッキーは袋の中からパンを取り出した。

「これから、どこへ行く？」

「行く当てなどないわ。原野を歩いているうちに、こんな所に迷い込んだの」

「乗りな。取り敢えず、俺たちの街へ案内するよ」

そうは言ったものの、ロッキーの住む街は、人を案内できるような上品な街ではなかった。

第一章　邂逅と幸運

「あれは、誰だよ」

そのゴースト・タウンへ舞い戻った時、ロッキーの視界に、木陰で寝転ぶ一人の黒人娘の姿が見えた。

一方、街で待っていたジャッキーは、ロッキーが見知らぬ娘を連れて来たのを発見し、二人は同時に同じ言葉を発していた。

「あれは、誰だよ」

「池のほうへと歩いて行くと、彼女が倒れていたので、木陰へと運んでやったんだ」

「あの娘は、街で射竦められていたので乗せて帰った。行く当てがないそうだ」

と、ロッキーは淡々と説明した。

「――」

二人は、顔を見合って数奇な運命の出会いに苦笑した。

「何か、食べるもの、あったか」

「ジャガイモ、玉葱、トウモロコシ、小麦粉があった。それにしても、不思議な街だ」

「何が、不思議だ。ゴースト・タウンだ。パンにするか。腹が減ったよ」

「根菜類があるのが、不思議だ。おお、元気になったか。食べ物があるぞ。こっちへ来いよ」

朧げに立ち上がった黒人娘が、ジャッキーの言葉に従った。

「大丈夫か」

「ありがとう。お腹が空いたので、一杯の水を飲んだの、眩暈がして倒れた」

「お前たちは、これからどうする気だよ」

ロッキーが訪ねた。どうするという質問が、矛盾だらけだ。

「まあ、今晩一晩、考えなよ」

ジャッキーが淡々と、無遠慮に相手への抱負を語った。一晩考えて早くどこかへと散って行きなよと無神経な口調だ。

「そういえば、そうだよ。考え方、次第だ」

「ここにいては、迷惑がかかるかな？」

黒人娘が、おもむろな口調で聞いた。

「迷惑ではないよね？」

白人の娘が、含蓄のある言葉で聞き返した。

「ああ。もちろん、迷惑なんかじゃない。よければ、名前を教えてもらえないかな」

と、ロッキーが女性たちに尋ねた。

「私は、ローズよ」

黒人女性は、そう答え、白人女性は「私は、ミッチーよ。よろしく」と、手を差し出した。

「――」

ロッキーは、ミッチーの自己紹介に、一抹の矛盾と疑問を感じた。

「ちょっと、その辺りを歩いてみたよ。一杯の夢が、転がっていた。池には、水がある。数十匹の食用蛙が、池の中へ飛び込んだ。魚が、泳いでいる。蛇もいた。草莽を開墾した斜面が、丘陵地帯へと広がりを見せる。牛の糞があった。柔らかい。トウモロコシを毟り取った芯が転がっていた。野生化した鶏を見かけた。野生のカボチャが、生えていた。鹿が、数匹逃げ出した。野生の、ウサギがいた。プレーリー・ドックを、見かけた。草臥れた倉庫には、ロープや鎌がかけてあった。草臥れた、ピッチー・ホークがあった。

「農業を営む条件が揃っている。ゴースト・タウンにしては、家々が妙に真新しい」

ジャッキーが語った。

「古い佇まいだが、数年前まで人が住み着いていた感じがしないでもない。住み着くか。社会から乖離した場所での生活には、夢が広がる。俺は、農業が好きだ。草莽を掘り起こせば、夢が広がる。肥沃な土地には、花が咲く。小麦や大豆、トウモロコシなど様々な穀物、茎菜類の栽培が可能だ。開墾地を広げていけば。農業主としての構想が可能だ。しんどいが、努力するだけの価値はあると思う」

「ゴースト・タウンを小探しすれば、生活する什器などが見当たるかも知れないぞ」

と、ジャッキーが共鳴した。

「どうするか。行く当てがないならば、しばらくここで生活し、新しい発見を見出すのも、生き方の一つだ」

ロッキーが、娘たちに語り掛けた。

「――」

ミッチーとローズが、嬉しそうに頷いた。

「ジャッキー、どうかな」

「歓迎するよ。お前に、従うよ」

「手分けして、山麓を歩いてみよう。新しい発見があれば、面白くなる」

どこからか吹き寄せる風の波に乗って、近く遠く、微かに牛の鳴き声が彼らの耳朶を叩いた。

四人の視線が一瞬にして、山麓の草莽原へと注がれた。

「バッファローだ」

衝動的な出来事だ。ロッキーは瞬時に、最寄りの納屋へと、飛び込んだ。小探しすると、片隅からよれよれのロープを発見した。それをすばやく拾い上げると、斜面へと納屋を飛び出し、一目散に走りだした。ほかの三人も、後を追う。男女四人が一斉に、丘陵地帯へと、疾走した。牛の所在を求めて、山麓へと突っ走る。誰もが干渉しない人間関係が不思議、最初から緊密的で昵懇《じっこん》的で親密的だ。そして一人一人皆が、それぞれ不羈《ふき》奔放な振る舞いを見せた。性状奔放、無遠慮な姿は牧歌的、開放的だ。そして必然的に全員に、無際限な喜びが湧いて来た。その純朴な姿は、理想郷に解放された人間の、自由奔放な姿に等しかった。

ミッチーが一人、左側の片丘の斜面に向って走り出した。四人がばらばらの、違った方向と行き先を広めた。

「牛だ。牛、牛、役牛だ！　ロープ、ロープ」

ミッチーの叫び声が起こった。

「牛か。牛、牛」

三人が草叢を走り、ミッチーの声の方へと針路を変えた。

「ロープだ、ロープ」

慌ただしく興奮気味な彼ら四人が、野牛へと近寄った。大人しい、どこかの牧場から逃げ出したらしい役牛だ。

手綱を掛けて誘導するが、無抵抗に従う。三匹の野牛を引っ張って、街に帰ると牛舎に放った。ロッキー等は、納屋から鎌を取り出すと早速、慌ただしく草叢へと赴く。飼い葉を刈り取る、彼らは真剣そのものだ。誰が指示したわけでもないが、いつの間にかお互いを理解し合った彼らは、莫逆的な返事が返ってくるほどの親近感を抱き、その不自然さには違和感はなかった。

ジャッキーとローズの、交互が親しく呼び合って懸命に飼い葉を刈り取る作業は、相手を思い遣る度量の大きさを肌で感じていた。刈り取った大量の飼い葉を束に結ぶ共同作業は、すでに出來上がった異性同士の深い関わり合いを物語っていた。手古摺るローズの紐を笑顔で受け取って、飼い葉を束に締め付けるジャッキーの素朴な力仕事は、ローズへの物の哀れが交錯していた。

「牧場ができる」

ロッキーが、興奮気味に語った。

「牧畜が可能だぞ」

ジャッキーは、束ねた飼い葉を桶に投げ込んだ。

「こんな体験は、初めてだ」

ロッキーが、飼い葉を投げ込んだ。

「ロッキー俺は、このゴースト・タウンで働くよ。この丘陵地帯は、肥沃な草叢だ」

「賛成だ。俺も先ほどから、この肥沃な草叢に大変な魅力を感じていた」

「私も、働くわ。いや、働かせてよ」

ローズが言った。

「ウワァ！！」

ミッチーが、甲高い声で驚嘆的に、突然に叫んだ。

「ウォー、すごい光景だ」

異口同音な驚嘆な言葉が、彼ら四人の口から飛び出した。

牡牛が、雌牛の背中に乗っかかった劇的な光景は感動的だ。

「夢と希望を、無際限に奏でる光景だ」

ロッキーが語った。

鎌を納屋へと収めたミッチーが、飼い葉を桶に放り込むとロッキーに歩み寄って来た。

「私の犯罪が、ばれちゃった」

「ミッチーの犯罪などは、関心ないよ。語ったところで、俺の利益にはほど遠い。自分の将来のために、黙っている方が賢明だよ。君の犯罪歴を知れば、彼らの見る目が変わってくる。人間は皆、自分の秘密や弱点を隠して生活していた。悲しみを隠し、苦痛を隠し、貧しさを隠し、自分の自出を隠し、隠せるものは何でも隠し、幸せそうに振る舞う賢明な処世術が盤石で、善良な人間の生き方だよ。自分の悲劇の隠蔽こそが、堅実な生き方だ。自分の犯罪を、自慢げに語る愚か者はいないよ。俺などは、自分の過去を語る意志などはない。俺は、口が堅い。心配するな」

「ありがとう。白人女性は、嫌いかな。ロッキーが、好きになってきた」

飼い葉を刈り取る間、ロッキーの至近距離から離れなかったミッチーの素朴な娘心が、分からないほど鈍感な青年ではなかった。

「これは、何かな。修理したら、使えそうよ」

ミッチーが飼い葉を刈り取る時に発見した傷んだ唐鋤に、ロッキーの注目を引いた。

「凄いものを、発見したな。早速、修理するよ」

「男性も女性も、何時かは結婚へと進む。独身生活は、不衛生よ。いい奥さんになる。それが私の幸福感、それが私の夢」

「他に、どんな夢があるのかな」

「私、勉強したいのよ。私は無学歴。三角関数とか、全然分からない。πの計算なんかは、できないの」

「πの計算ができないとは、πの計算ができる人間の言葉だ。しかし、三角関数の計算は、得意だろう」

ロッキーは、アイロニーを浴びせた。

「私には、一杯の夢がある。まずは、一人の男性を死に物狂いで愛して、一生を送りたいのよ。激しい性愛って、最高の喜びだと思う。性と愛は、人間の根幹を支える重要な要素よ。豊かな性愛がなければ、人生は堕落する。男性は独身では、不衛生よ。性と愛は、人生に喚起と喜びと促す喜びに溢れた男女の営みだよ。性愛が確かならば、労働意欲も湧いてくる。私もそろそろ、婚期に近い」

ミッチーは、普通の観念を持った娘が口にはしない、極限的な言葉を吐いた。内面は覇気の漲る精悍な、気概に満ちた娘の息吹をロッキーは感じ取った。

「論理的だ。官能的だ。本質的だ。哲理的だ」


「ロッキー」

と、ジャッキーが歩み寄って来た。

「俺たち二人、結婚することにした。殺伐とした自分の青春を、バックアップできれば幸いと、励まし合い、遣っていきたいと語り合った。この街に、住み着く事にした。俺たちには、失うものは何もない。あるものはと言えば、将来と夢だ。ここは、働き甲斐のある草莽だ。肥沃な大地が、俺たちを歓迎していると思う」

「ほう。どこで、プロポーズを受けたのかな。結婚って、そんなに簡単にできるものかな。羨ましい限りだ。いや、反対しないよ。俺には、そんな権限がないからね。そうなんだよ、実は俺もミッチーから、プロポーズを受けたところだ。羨ましいか。ワッハハハ」

ミッチーの披陳な歌詞は、ある意味では知り合ったばっかりの、ロッキーへのプロポーズに違いなかった。一人でできない夢とは、誰と組むかと結婚を示唆する言葉だ。誰と組むか相手がほしいと歌う彼女の歌詞は猛烈な愛と、プロポーズであった。ロッキーは、ジャッキーの結婚を揶揄しながら，プロポーズを受けた自分の姿をシニカルに語った。

「結婚しろよ、考えたところで、何も解決する糸口は掴めないよ。結婚とは、妥協だよ。いや、譲歩かな。冒険かな。いやいや一種の、賭けだな」

「明日からの生活に喜びと楽しみと、愉しみが湧くな」

ロッキーは、楽しそうに語った。

「黒人の俺と結婚しても、本当に後悔はしないのだねと初夜、ミッチーに聞き質した。肌の色が違うという、歴然とした事実は否定はできない。様々な葛藤や違和感を醸し出す要因が深く潜在する黒い肌には一抹の不安があり、ある意味では恐怖にも等しい違和感が潜在する。ミッチーは大きく頷いたが、俺が嫌になったから別れようでは、可愛い子供たちを不幸に仕向ける悲しい結末が待つ。ミッチーとの結婚には妥協も、譲歩もなく純粋だ。偶然の結婚とはいえ、違和感がない。ミッチーの体験的な歌詞の詠歌は俺を慕う物の哀れ、俺と出会った時から、純粋な思いを胸にプロポーズをする女性の必然だった。将来へと続く信頼と絆が末始終真実でなければ、結婚という厳粛な儀式と営みは、離縁という最悪の結末を迎える。一時的な相思相愛が、悲劇に至る男女の違和感と結末は悲しい。二人の絆と信頼が感情と葛藤すれば、破綻は免れないし悲劇が必ず起こる。将来への不安感や違和感、不安や葛藤が必然的に嫌悪感、猜疑心を引き起こし、双方を仲違いに仕向ける悲劇的な要因へと発展する。現実的な葛藤に戸惑い苦悩、錯乱する自分の正直な姿が理解できる。まだ萌芽的な肉体関係だから、最後に反省する絶好の機会でもあった。

が、ミッチーと出会った瞬間から俺は不可思議に、ミッチーとの結婚を積極的に期待する心情に絡まれていた。だから、ミッチーとの結婚を躊躇する理由はなかった。寧ろ、積極的な物の哀れを肌に直感する異性観を渇望していた。物の哀れを物語る厳粛な儀式は、感慨がひしひしと胸に迫る熱い思いを刻む。ミッチーの様な平凡で魅力的な女性との接触は、初めての経験だった。胸に抱き込んだ二つの大きな乳の膨らみと威圧感は、壮大な夢を抱えた性状奔放な女性の姿と質を物語っていた。

しかし俺は執拗に落ち着き払って、冷静な視線でミッチーの裸体をじっと眺めた。自ずと、彼女を抱く感情的な瞬間を意識する男性の歓喜だった。それは玲瓏で輝くミッチーの白い裸体に、男性の手が忍び寄るというある種の嫌悪感が過るほどの純粋な欲情であった。ミッチーの裸体を抱く行為を不可思議に躊躇する俺に、彼女は微かに笑顔で微笑み、恥ずかしそうに赤ら顔で、そっと起き上がると華麗な科を作り、衝動的な手段を躊躇しなかった。それは、不羈奔放に勃起する逸物への一抹の不安が過る、ミッチーの冒険に等しかった。ミッチーはそっと手を差し出すと、俺の禁欠を剥ぎ取る衝動的な行為を選択した。そしてゆっくりと、唇へと運ぶ衝撃的な愛撫に走った。それは脆弱な逸物への、本能的な必然だった。俺は戸惑い惑乱、理性と秩序を失うほどの衝動的な混乱に陥った。太く長い股間の器官が、自然に垂れ下がる脆弱な姿には、不安と絶望が交錯した。

俺は、男性として理性と秩序には限界を悟った。しなやかにゆっくりと立ち上がる俺の逸物は射竦めるように、確かな旋律の流れに沿って男性的に固く変質した。俺の逸物は、自然の摂理には極めて素直だ。勢いへの常識的な制止と浚巡は、絶対に不可能だった。ミッチーの裸出の上にゆっくりと載っかかると赤く可愛い唇の中に自分の舌を情熱的に押し込み、興奮に満ちた激しく婀娜めく乳房を右手で掴むと、インストゥルメンタルな演奏に情熱を傾けるジャズ・ミュージシャンのような、ジャム・セッションを奏でた。それは優しく強くしなやかな適度に緩慢な、将来へと永遠に続く愛と絆を結ぶ、尊く厳粛で情熱的な儀式だった。数々の女性の姿にもうぞうを奏でた悲しい青春の自己の冒読から脱皮し、極めて純粋な俺の性愛はある時はすごく優しく、またある時はダイナミズムな波に乗って、悲しく哀れな過酷な過去を癒す性と愛の循環に没頭した。

その時、俺の脳裏を掠めたのは野心的な、枯木華開くという成功への契機となる確かな語彙だった。標置な自分の野心的な姿が、そこに芽生えた。このミッチーとの確かな一歩と、将来へ向かっての旅立ちは、これから、俺たち二人が手を取り合って繰り広げていく壮大な夢と希望が出現する序奏だといえ認識を手にした。気の所為ではない確かな感触をミッチーの裸体から学び取り、夢が無限大に広がって行く動機を肌に感じた。思いもよらない逆境の中から、大胆不敵に伸し上がって行く自己の実現へと、明日から社会の頂点へ向かって経上がっていく気構えが沸き起った。自己誘導型の基礎と精悍な、乳と蜜と名声への階段を一気に駆け上っていく、千載一遇の機会を与えてくれたミッチーに、感謝の言葉を吐いた。

滂沱の涙が止めどもなく、ピンク色に染まって裸体の上に滴り落ちた。自分の喜びと欲情を無遠慮に俺に叩き付けるように振る舞うミッチーの肢体は激しく捩り筋り、性愛とは何かと、結婚とは何かと自問自答しながら過去の苛酷な体験を洗い流す勢いが露わな、強かな姿勢を漂っていた。最初の体験は、体内に蹲った過去の鬱憤を洗い流す決定的な瞬間に等しかった。わくらばにあの街角で偶然知り合ったに過ぎない見知らぬ俺に大胆にプロポーズした純粋なDの和音と行動原理は、新しく純粋な女性の生き様を偶然に掴んだミッチーの新鮮な心の動きだと思った。ミッチーは過去、これほど狂喜に満ちた時間は体験しなかっただろうと考えた。俺が時折繰り返す刺激にのたうつミッチーは盲目的な嬌声を無遠慮に上げて悶え、破廉恥な狂喜に泣き崩れた。それは男性の欲情的な刺激に理性を喪失、荒れ狂うミッチーの清艶的な女性の純粋な姿に違いなかった。

俺たち二人は、何かに憑かれたように激しい時間を営んだ。普段から荒んだ生活実態に明け暮れる人間の内面を、根底から癒す純粋な誼が不十分ならば、その根幹の部分が崩れ落ちる要因が、多分に潜在する男女の負の部分を、性愛と名乗る純粋な営みが排除する物の哀れは、健康な生活秩序と精神衛生を維持する根幹の一つに違いなかった。

感動的な時間の循環と喜びに、俺は焦燥と苦悩へと追い遣ったもうどうが脳裏から瞬間に消え去った。悲劇的な体験や欲求不満、数々のトラウマが蹲った脳裏から瞬時に消滅する、鬱積を打開へと導く快感と実利は実に衝撃的な秩序だった。

ロッキーの数々の体験と鬱積が瞬時に精悍な、活気の漲る破天荒な姿に豹変し、破天荒な夢を掻き立て来る未来への壮大な構想となった。

今朝の爽快な精神状態は、ミッチーとの性愛が適える、これからの生き方の一つとして台頭した。愛が奏でた長い二人の誼と喜びは、人間の将来の根幹を支える媾合だった。これからは、人間的な社会的なトラブルが起こったら、俺を苦しめる苦痛が過ったら、精神衛生上最悪の事態に至るトラウマが鬱勃と勃興すれば、最善の手段として対策を講じる確かな考え方が脳裏を過った。そうすれば苦痛のどん底でのたうつ理由もなく、精神衛生的にも能率へと労働意欲を掻き立ててくる盤石の宿る選択肢だ。今朝の、清々しい澄み切った精神状態は、生涯に亘って忘れることはないはずだ。

まだ深い眠りの中の、ミッチーの乱れた寝姿に視線を送ったロッキーは、軽く彼女に口付けすると、優しい口調で呟いた。ミッチー、ありがとう。俺は、生まれ変わったと。そしてミッチーも、新たな生き方を模索するはずだと考えた。

「初めての純粋な誼を終えた俺は、ローズに向かって叫んだ。黒い子供でも、白い子供でも生んでくれ。それが、俺たちの子供だ。この国の、子供だと。ローズは俺に、勲章を与えてくれた。だから、早朝から、鍬を手にした。もう、何にも躊躇する原因がない。頭脳は、爽快だ。こんな経験は、初めてだ。働く意欲が、湧いてきた」

朧月夜の有明の月は、二人の目覚めを促す歴史的な朝だった。夜に交わした感動的な体験を早朝から、ロッキーとジャッキーが無遠慮に語り合った。

それは性愛と名乗る比類なき行為によって、脳裏に蹟く蟠る精液を無遠慮に迸出《へいしゅつ》した男たちの爽快な、過酷な社会と妄想から脱皮に成功した、ロッキーとジャッキーの幸運な朝の姿だった。

ロッキーは、東雲が浴びて幻想的な光景を醸し出す壮大な丘陵地帯へと向かって一歩大きく歩み出すと、感動的な歌詞を歌い始めた。

「ああ朝日ってこんな新鮮な輝きを放つ天地の恵みかありがたい俺を歓喜へと導く源泉

澎湃として沸き起こる過激な分子が縦横無尽に駆け抜ける全人格は優曇華の花かな
覇気や意欲に喚起を促す数億個のアクティブな見識と生物が躬行実行を促す朝だ
俺の試練が始まった前途は厳しいが周りの状況は好転的な原野が視界に眺望できる
朧月夜の東雲が織りなす幻想的な移動する太陽の変化が刻々と奏でる字字紋々は官能
社会の嫌われ者が果敢に挑む破天荒な気概が適うかモニュメントとレジリエンスた
壮大な夢がどん底から完然と蘇る餓鬼大将の闘争心と破天荒な気概と気迫は適うか
帰納法に必要不可欠な諸々のデータ数十種類が俺を励ます成功への破天荒な情報だ
どこかにあるぞとさ迷い続けた根無し草が偶然に辿り着いた未墾の原野が笑顔で歓迎
俺が願望する成功への確かな最初の一歩は勧農一鍬毎の開墾の無謀と賭けに始まるか
いついつまでも背負って歩む疾との決別を促す努力と篠を乱す強烈な強風とに委ねる
信念と努力が夢を適える一里塚ならばそっと微笑む心が和む波動が描く未来への範式
この世の耐え難い逆境からの脱皮こそ過去の清算明日への生き甲斐と夢への熟慮亀鑑
そっと手を差し伸べれば確かな成功への鼓動が伝わる喜びは質と量乳と蜜に潤う富か
観念的な千載一遇の好機を見逃す間抜けには努力を営む時計の針の回転に無頓着だ

成功はこの国の社会機構根無し草への成功への均等な機会こそ成功への不文律と礎だ
日々の微微たる努力の蓄積が適える娓娓《びび》たる実践道徳が素晴らしい成果を導く盤石だ
二律背反の論理が猛威を振るう社会の仕組みが片利共生的な不満は成功への反面教師
確かにこの大地は約束の地俺独自の野心と素晴らしい方針を形に変える最初の動機だ
命懸けの構想へと確かに踏み出す一歩にはテーマの実現を試みる壮絶な気概が潜在す
社会に凌駕する優れた者への屈辱感と羞悪心は俺の気概と意欲を殺ぐ弱者の敗北感だ
優れた者だけが国家で横暴を振るう振る舞いは一方で根無し草に喚起を促す盤石だ
耕耡への成果と結果は懸命に働く俺の確かなプロフィール自尊心と優越感が跋扈する
成功への確かな手応えが不本意なら誹謗が襲う侮りと誹りを受ける夜郎自大な奴だと
一日千重の努力が俺を潤す盤石が無為な時間の浪費は夢を語る俺のノルムではない
乗り掛かった船を築港に乗り捨てるほど愚か者ではない覇気と機会が掘り起こす勧農
起伏が幾重に広がる壮大な亜熱帯のプレーリーの蒼茫ほど俺の夢を穿つ原野を知らない
穀菽が適える五穀豊穣な夢と野心を育む視界は重篤な人間さえ掻き立てる盤石が潜む
自己誘導型の成功への手応えと願望が根無し草を励ます稀代の朝は荘厳な道標と遥拝

ゆっくりと薄暗い大地に降り注ぐ光の淡い洪水は夢と希望瑞祥的な歓喜だ稀代の朝
初夜の喜びを友に天真爛漫な天衣無縫な純粋無垢な感動が外海へと充溢な帆を掲げた
終始荒波が襲い掛かるが外洋の男波女波を蹴散らす冒険心と破天荒な屈強が気概だ
剽悍不羈な原野に挑む俺には鍛え上げた修練が頼りの頼もしい労働への強化策だ
気の所為ではない確かな夢が広がる兆しが鮮明な鴻基な夢無際限に高貴な輝きを放つ
たった一条の閃爍《せんしゃく》な光が全方位から俺の全人格を包む感動的な歓喜は督促と叱咤激励
憂き世がなんだ浮世の色も嵐も絆も闇も塵も関も網も弦も波も習わしも全て打ち砕け
浮き世は牛の小車と言え悲しみを奏でる言葉もあるが篠を乱す勢いで励めば無敵だ
社会で学んだ数々の試練と苛酷な苦痛を帰納法で身構えた精悍な一歩は無上命法だ
都市から吹き出す不協和音が醸し出す凄まじいオーラは自己誘導型の成功を促す師表
摩天楼が吐き出す群衆の不協和音への速やかな順応と発想と野心は自己誘導への磐石
マスタープランの実現へと期間を定める冷徹な計画と構想が期限を数年と措定する
無上命法や競争原理はこの国の論理へと導く成功への確かな一歩唯一の手段と方法だ
成功への均等な機会を虎視眈々と見守る野心家たちの努力へと自分を誘う基礎が揃う

乗るか反るか遣って見ろ賭けと冒険は確かな自己誘導型の盤石が揃う壮大なテーマだ
厳粛な夜明けだ地平線に輝く放物の光線は公平な太陽神俺の夢道が拡散す均等な機会
ああ嬉しい朝だ昨日までのもうぞうと苦痛が消えた官能よ歓喜よ夢の広がる俺の黎明
大地に眠る巨大な乳と蜜を引き寄せろ一気呵成に引き寄せろ黄金の手綱だ蔓だおうさ
枯れ木に咲くのが花咲か爺々俺に咲く花若木が似合う時も分からぬ蕾が咲くか優曇華
丘陵の草莽の営みと魔性その原野に潜む無限な富と夢が俺を虜に仕向ける霊妙が過る
圧倒的な規模を誇る蒼茫の衝迫力が俺を魅了する盤石自己誘導型への自己の宝庫だ
社会の末端を這いずり回った俺がその過程に学んだ膨大なデータが反映するか帰納法
過酷な競争場裏と無上命法は社会の必然雌雄を競う両雄が葦の節の間で戦うのは壮烈
ジャッキー負けては絶望な一途な気概が将来を展望して心の中に躍動する分子は過激
根無し草の俺の憧れと確かな自己誘導形は対等に渡り合う闘志と決断が張る俺の威勢
理不尽な社会や自分の未熟に勝たねば俺は最初から敗者の汚名を浴びる不文律は醜態
この約束の地から無尽蔵に発生する乳と蜜は幸運を崇める根無し草俺一人の物でない
一人一人の人間に潜在する高貴な夢への抱負は乳と蜜の不可能に挑む凄絶な戦い所以

そこにもここにもあそこにも乳と蜜を崇める根無し草の壮絶な闘争心は圧巻を物語る
競争原理は妥協を許さない人間の魂と野心が宿る事実は油断できない根無し草の魂だ
自分をいつまでも社会の底辺に置き去りにする悲しみと過酷を抱えた人間の乳と蜜だ
自分の尊厳と自尊心と優越感が嫌悪する底辺からの脱皮を図る不退転は俺の規矩準縄
計画と実行と挑戦と競争こそは自分の才能と才幹が躍動する俺の真髄だろうと考える
どん底から這い上がっていくたった一度だけの壮絶な度量は勝者への勲章と介立だ
どん底で喘いだ過去への汚名返上と払拭への盤根錯節と不撓不屈な苦節が夢を叶える
遠大な試みと危険を冒して華麗に声望へ伸し上がっていく破天荒な掟は俺の不文律だ
運鈍根と成功へと突っ走る伸し上がる経上って行く無上命法は黄金律とレジリエンス
競争場裏が社会の鉄則ならば譲る訳にはいかない確か規範は相手の破壊が勝利と権勢
俺が見知らぬ男たちと対等に渡り合う凄まじい競争原理と闘争心が勝利を促す行動学
自分に敵対する強大なライバル意識と五分で渡り合う不退転な意気込みと気概価値観
自由競争とか均等な成功への機会という対語は冷酷情実社会の落とし穴が口を広げる
俺が独自の認識や素晴らしい夢と希望を形に変える最初で最後の機会に違いない

俺の確かな成功への意志と手段でスマートに伸し上がる過程は非凡がお似合いだ
秒単位の無為な時間の経過と体験は健全な知情意を備えた俺には鬱結に等しい闇だ
この大地に眠る富や夢がそれを崇敬する俺の野心を虜にする躍動的な呼吸が惹起す
無際限に俺の野心を掻き立てる魅了する健全な社会の規範が気概を掻き立てる欲念
越階的に這い上がる自己発現が特徴的でなければ俺の構想と夢が盲亀浮木に終わる
社会が持て囃す成功へのユニークな経緯が独自の概念に則った斬新な方法がお似合い
貧しい者や普通の人々を野心家に仕向ける一攫千金の夢が叶う魔性と魅力は社会条理
他者の理不尽な譲歩や妥協を強いる人々の雑音には耳朶を傾けるのは愚か者の論理だ
愚か者たちには連帯感と帰属心と依存心を宿るが俺の場合は一々考える対象外の連中
社会のサラダボールの中で華麗に競い合う巨大な存在と成功を掴む格率は努力の賜物
人々の華麗な成功物語や健全に機能する国家の黄金律は社会の規範俺の金科玉条だ
一枚の詳細な地図を机一杯に広げて西部を僥倖の旅に出た数年前の真実は極めて新鮮
五百キロを一単位の渺漠《びょうばく》たる西部へと乗り出す無謀と破天荒は無駄な行為でなかった
確かに大地の景観と眺めとその衝迫力の圧倒的なエネルギーは俺を魅了す大旱の雲霓

過激なその景観と魔性は無限の富を崇め崇拝する俺を野心家に仕向ける無限が潜む
いかなる素晴らしい構想も計画も即実行に移す能力に欠如する人間の夢は竜頭蛇尾だ
成功と名乗る素晴らしい成果と結果は成功を崇める人間の凄絶な魂が宿る確かな真実
大地には社会で這いつくばる底辺の人々の気概と野心を掻き立てる巨大な要因が潜む
社会でのた打つ人々や貧しい人々に喚起を促す乳と蜜野心家を励ます原点と断断固
巨大な夢や希望を胸襟にこの豊かな国家で働く以上無謀な決断が無意と逡巡は愚か者
愚か者たちが敬遠の温帯と亜熱帯の肥沃な蒼茫と起伏な草莽は富と夢の宝庫が宿るぞ
この大地を皮切りに俺の全人格が視界に広がる丘陵を仕切る全面的な野望の始まりだ
蕾が綻ぶ明るい兆しが見える春のとばくち迸る喜びへと檄が飛ぶ飛ぶよし遣れっとな
山麓の向こう側へと起伏する渺茫な山並みは未開なプレーリー俺を呼び込む感動が迸る
咲かせて咲いた蕾ならば俺の在り方模範的挑戦的伸し上がる成果は声望よ自己の実現
大地に咲けよ我が家に咲けよ豊かな実りの麦秋へと東風吹け二月の古株葉腋の発芽
河川となって流れる伏流は一滴の雫に始まる岩走る源泉俺の夢と期待に背かない真実
太平洋の水を呑めよミシシッピーを飲めよ飲み干せ捨て身の努力が介立自己の実現だ

逢えば傘を脱げという成功への機会を見逃すではないぞと努力への戒め叱咤激励だ
気宇壮大な夢だ未開に挑む意気込みは破天荒と無上命法開物成務へのレジリエンス
軒下の兆しは夢の朝蜘蛛わくわくどきどき興奮の坩堝社会条理は獅子に鰭太っ腹だ
死に物狂いに励む繁の努力の数々が適える好奇心と破天荒な賭けは成功への座標軸
オーソドックスな論理観がなければ社会が騒然とする成功への概念は不可能に近い
巨大な夢を追い掛ける気散じな朝の過激は精神の浄化か朝日が微笑む俺の天地解明
大地の底から沸き起こる俺への叱咤激励天地の声か遠く近く耳朶を叩く快感快哉だ
遂に俺という餓鬼大将が立ち上がったぞ成功への確かな嚆矢雄叫び檄が飛ぶ檄を呼ぶ
そうそうそうだ未開に眠る全ての富を掘り起こせよ肥沃な沃土が適える黄熟の麦秋
腐った酒をも平然と飲み干す反骨精神が持論倫理が冴える論理が叫ぶ夢への飛躍だ
光が満ち溢れるばかりの夢を追う気散じな努力が適うか伸るか反るか当たって砕けろ
五年十年は掛かる開墾への困難何のそのとことんやれよ粘り強く頑張れよ成功俺次第
泥沼から這い出す不屈の精神と盤根錯節なハングリー精神はお前への偉大な味方だ
ピッチフークを握れ逞しく農民らしく理想に沿って潔く堆肥をばら撒け草莽は堆肥

模範的な農民に変貌しろピッチフークを操るスキームは農民の最初の労働とスキームだ
ここはルート66の中間皆が見守る見届けるまっしぐらに突き進む論理が普遍だ
ナットキングコールの歌詞が軽快な旋律で脳裏を掠める旋律は俺への確かな叱咤激励
標榜が確かならば無際限な苦痛も絶望も挫折も呻吟《さまよい》が喜びに変わる快感と官能だ
たった一度に賭ける大地が向こう側に広がる鴻謨《こうぼ》未開の原野の開墾は気宇壮大だ
一から掘り起こす無謀への頑なな挑戦掘り起こす原野への雄叫び青春の息吹意気込み
ここはプレーリーの肥沃温暖な気候がお前を歓迎する赤地も石地も掘り起こせ豊穣麦秋
社会を彷徨う貧しい者の猛り狂った覇気が叶える乳と蜜は無際限に野心への激励だ
ハングリーに喘ぐ貧しい人々の中の一人に過ぎない俺の内面を流れる涙はご法度だ
悲しく哀れで惨めな自分を再び社会の荒波に曝す破廉恥な行為だけは金輪際御免だ
言葉などはいらぬ説明もいらぬ懸命に働く光景は確かな言葉時が吠える味方する
大地に眠る鴻謨が俺の出番を待ち侘びる俺の力量と才覚を試す悪戯な神々の揶揄か
幼い頃から呼び捨ての石ころとう誹謗は社会に葬れ名誉と名声が俺の全人格だな
自己の実現はデラシネたちの夢物語そして社会をさ迷う根無し草俺の絵空物語だ

無謀な賭けや冒険への大胆な挑戦はこの国の普遍的な社会条理モラルよ俺の座標軸
発想を変えればカルマン渦が高度な価値を生み出す富と夢と喜びを奏でる社会だぞ
この約束の地から乳と蜜を追い掛ける戦略と戦術は俺の全人格に関わる無上命法だ
頓挫して社会の人々にその理由と原因を縷々と語り掛けるほど俺は愚か者ではない
帰納法が効果的かパレート最適かと考える着想実行以外に遣ることはたった一つだ
邪魔立てする諸弊や理不尽は己の都合で破壊しろ既成の概念は淘汰しろ遠慮は要らぬ
面壁九年とかが臥薪嘗胆とか成功を志す俺の常套的な手段俺の場合は本末転倒だ
理不尽な社会情勢や未熟な自分に打ち勝つ気概がなければ俺は竜頭蛇尾と孤影憔悴
人に阿るなよ媚びるなよ諂うなよ卑屈になるな仰望するのは志操と大旱の雲霓だ
妥協する理由がない譲歩する理由がないぞ意に沿って不羈奔放に自由奔放に独創独断
挫けるではないぞ怠けるではないぞ脇見をするな漸増主義の開拓魂の階乗不慌不忙
今朝に始まる試練に耐えろ疲労困憊に堪えろ臥薪嘗胆に挑め我物と思えば軽し傘の雪」

志操と野心が精悍な、ロッキーの生き方だ。眩いばかりの朝日に向かって吠えるように歌うな大胆不敵な、自己の実現へと将来を展望するロッキーの様々な角度から歌う自由奔放な夢への抱負と雄飛を歌う歌詞は、野心への壮大な構想が露わな、深い眠りに落ちに陥っていたミッチーに目覚めを促した。

ジャッキーが、ロッキーに歩み寄った。

「悲しみと不幸が詰まったリュックを背負って、街から街へとさ迷い歩いた青春の不安と絶望から、脱皮する絶好の機会が訪れた。普通の会社は、革新的な発想と堅実な経営方針を掲げて、社会にニーズに答える商品開発に勤しむ。俺のように職業訓練所を修了したような無学文盲な、これというスキームもない、役立たずな人間の雇用などはご法度だ。たとえ、働く機会を得たとしても、職場で頭角を現す確率はゼロに等しい。競走原理の働く過酷な会社には、不可思議な不文律が存在する。俺には、存在感はない。だが、この大地は唯一の、俺の踊り場だ。俺の、命運が懸かっている。運が向いてきた。俺が自分の夢と、素直な気持ちで向き合える絶好の機会だ。社会の底辺から這い上がっていく運命を背負った俺が、死に物狂いな労働と努力で経上がっていく試練の始まりだ。この乳と蜜の溢れる約束の地から、越階的に這い上がって行く野心を目論むのは一部の野心だけではない。無尽蔵に潜在する富と幸運を崇める人間は多種多様だ。貧しい者たちが、虎視眈々と成功への機会を目論む過酷な競争社会から、経上がる哲理は社会の条理だ。アメリカンドリーム。この崇高な言葉には強烈な個性や天性と、アメリカ人たちが信奉する、ユダヤ人たちが信奉する究極のタヒリスの論理が潜む。タヒリスの論理に準拠するユダヤ人の、神々に等しい厳粛な響きと高貴な価値観が宿る。

目的意識と、目的達成への凄絶な戦いとタヒリスのこの究極の志操が、この俺には不可欠な条件だ。強烈な個性と気概と、自己誘導型の論理が盤石だ。学歴妄執のこのご時世、大地に鍬を打ち込んで原野の開拓に挑む愚か者がいるはずがない。しかし、社会に抗う訳ではないが、俺は心土を掘り起こす、この開墾と野心への一途な思いと危険への挑戦は、やぶさかではない。

俺の判断と決断が一歩、大きく漸進した。知的な労働環境の趨勢に乗ってそれぞれの夢を追い掛ける風潮が顕著なご時世、過酷な肉体労働を敬遠する社会秩序はもっともな傾向だ。開拓に立ち開って、底辺から這い上がるためには、自己の実現に向かっての自己誘導型の努力と執着心が、不可欠な条件だ。擂粉木《すりこぎ》に芋を盛るという愚か者を揶揄する言葉もある。成功への乳と蜜は、一握りの人間が実現へと導く実質不可能な、至難の業だ。たった一つの、俺の夢よと雄叫びを上げたところで所詮、社会の笑い者だ。学歴もスキームもない俺には、資金も援助もない。徒手空拳から身を起こす夢への抱負はただ、暴虎憑河に等しい。果敢に挑む危険な賭けが最善の、それが唯一の手立てであると考える。

逢う時は傘を脱げという教えもある。手を拱く愚かな事態は、短才庸愚か無能者の類だろう。果敢に挑む精悍な論理が、開運条理だ。チャンスなどは、たびたびあるものではない。河川の意に沿わない正当な生き様が俺の本質と盤石であるならば、遡河魚性的な自分の気概の籠った実践道徳を証明してみたいものだ。乳と蜜の溢れる約束の地に挑み、乳と蜜を鷲掴みする豪快な夢を叶える一人の人間でありたいと思う。非情や悪徳が公是的にのし歩く危険な街ほど、その成功への機会はまた、多種多様だろう。成功への機会が均等な社会機構だが、絶望へと働く力学が垣間見える顕著な実態からは、社会の悲劇的な結末は否定はできない。

貧しい者や普通の人々の野心を無際限に掻き立ててくる社会機構が、俺のような根無し草の成功を歓迎する盤石が潜在する実態が、俺を掻き立ててくる。街に溢れる華麗な佳和やドラスチックな成功事例とその憎悪羨望は、視野狭窄な人間の、癩の瘡恨みに過ぎない。優れた者たちだけが常に讃辞の対象である華麗な社会条理は、強者の論理だ。その一角に堂々と食い込んでいく成功への機会は、競争場裏だ。どうにもならない、身動きさえ自由にできない窮屈な社会であればこそ、夢が大きく湧き起こる。

高遠な野心は絵空物語の絵画ではなく、人間が本来手にする本質的なモラルの一つだ。絶望的な逆境の前に、絶望しない原理原則は人間の尊厳だろう。夢とは生涯に亘って追い続ける、たった一つの尊厳な営みだ。何もないこのプレーリーな未開と未知は、考えれば考えるほど夢を掻き立てる原野に違いない。

財産といえば、空のリュック一個だけだ。この肥沃で壮大な草莽原は、俺の夢を実現へ導く最初の最後の世界だ。この草原は、豊かなアメリカの社会が見捨てた土地だ。拾う者がいたって、可笑しくはない。いつも、いつまでもずるずると見知らぬ街を彷徨い歩く、悲劇的な考え方から抜け出す時が来たのだ。

この原野なら一匹狼で、俺の野心が実現する。何もないこの原野は理想的な、大旱の雲霓への最高の場所の一つだ。ひばりが飛び交う視界には、青い空と夢が広がる。考えれば考えるほど、俺の野心を掻き立ててくる原野だ。社会の落ち零れの涙が、落ち零れで終わる悲しい悲劇とは決別する考えだ。社会に向かって苦痛を叫べば、愚か者たちの論理でさ迷って、社会の現実が理解できないのかという返事が返って来る。愚か者が正当な論理を展開しても所詮、愚か者は愚か者だ。性善説の論理が理解できない愚か者の見解などは、落ち零れ者の類だと中傷誹謗が罷り通る。社会の論理と性善説は完全な形で、我々落ち零れを見下し、卑下する。良く社会をみろよ、どんな連中だけが社会をさ迷っているかは、一目瞭然だと。長い青春、たった一度も書物を開いた経験のない人間の宿命は悲劇だ。一目瞭然な仲間入りが本望ならば妥協し、譲歩し、社会と融合せよと叫び声が掛かってくる。俺には、愚か者と連帯感や帰属心を組む論理はない。

ロッキーとの競争場裏は、競争場裏を掻き立てる無上命法が要因だ。ロッキーと知り合うのも何かのご縁。この土地に迷い込んだ、俺は幸せ者だ。素晴らしい場所に、下ろしてもらった。まだ、オートバイに乗せてもらった、お礼はいってはなかった。ロッキー、ありがとう。ロッキーのパンには、夢と希望が宿る」

ジャッキーは縷々と、興奮的に抱負を語った。

「社会人は、どん底へと追いやられた人間の悲しみに満ちた地獄を理解する理知に疎い。人間にはいかなる時も、自己誘導型の論理に則って経上がって行く凄絶な覇気が不可欠だ。自分を絶対へと導く凄絶な闘争心と自己誘導型の力量と信念が必要だ。破天荒な論理や不羈奔放な実践道徳が、自分を成功へと導くたった一つの限られた論理だ。自分を肯定へと導く頑強な哲理がなければ情実な社会、儚く儚い夢や希望や願望が容易に崩れ落ちる悲しみに暮れる。豊かな階層への自分を導く資質と努力は、均等な機会の獲得と確かな生き甲斐への至宝だろう。無上命法への実践道徳こそ、この国家に住み着いたデラシネたちの確かな、成功物語に違いない。成功物語とは、単なる成功物語の要諦ではなく、それを実践する能力のある人間の、破天荒に実行に移す実践道徳に委ねられる論理だ。視界に数万の根無し草が屯しておれば、そこには数万個の夢を追い掛ける凄絶な戦いが待っているという事だ。薄情な、無残な、残忍な、冷酷な、無情な、人面獣心な人間たちとの生殺与奪の熾烈な戦いは、避けては通れない現実が視界に広がる。彼等との不自然な、戦いも不可避だ。逢う時は傘を脱げという言葉通り謙虚な、冷静な箴言《しんげん》が穿つ夢の中の闘争心は本物だ。

一般常識とは、荒唐無稽な発想と野心を盾と鉾に身構えた俺が挑む、行動科学と言う成功物語への足取りだ。目的達成への手段がオーソドックスな考えがないならば、無上命法という哲理と試練を決める、気宇壮大な構想が単なる夢物語ならば、悲しい結末を迎える溝壑と失墜は地獄だ。努力を怠れば萎びてしまう悲しい夢が、俺の寂しい末路を物語る。不慌不忙とは、慌てず急がず落ち着いてと言う意味、俺も理知と努力を全うする考えだ。たった一度の成功への機会を見逃す事態は軽挙妄動、全く始末の悪い話だ。真っ直ぐに向かって進む社会での成功こそ、志操だろう。自己誘導型の気概は真っ向な努力で成り立つ鴻基《こうき》は、俺次第で臧否《ぞうひ》が成り立つ。面壁九年とか石の上にも三年とか、普遍的な社会の価値観と成功への論理には、俺は極めて不向きな人間だ。日々の開墾と努力が不充分ならば、満身創夷な挫折への序曲に等しい。混乱と錯綜が交錯する日々は、常に発想を変えて大胆な着想で挑む考えだ。運鈍根と成功への盤石は、俺の屈辱と羞悪心から這い出すテーマへの邀撃だ。過酷な競争条理に挑む数々の試練は、俺たち夢を追う男の不文律だ。自分の意志と手段でスマートに、頂点を目指す腹構え気構え心構えで発想と野心が適う。社会の全てに背いて越階的に経上がる経緯や自己発現が特徴的でなければ、秋の暮への播種は絶望だ。

俺も、ジャッキーとしのぎを削って、這上がって行く。互角に争う無上命法への捨て身の、破天荒な野心と気概は両雄の覇気を掻き立てる事だろう。マリーナデルレイの帆船林立する華麗な場景は、巨大な夢と希望を約束する根無し草たちへの、夢と模範の世界だ。この国家は、華麗な社会機構から成り立つ。俺たち根無し草の、凌駕を待つ成功の機会に飛び乗ろうではないか。ジャッキーとの競争場裏は無上命法、楽しみな結果を引き出すと思う。将来への確かな目的と手段が、なす術もなく崩れ落ちる社会の悲しみな実態を嘆く前に、行動に移す精悍な論理が夢を奏でる。――ああ、そうだ、俺の都合で、こんな所に迷い込んで来た俺の不手際かな。邂逅という言葉があるが、ジャッキーと知り合った俺は、大きく人生を書き換える転機を頂いた。西部をさ迷った俺には、格好の原野だ。俺もこの原野に夢を掛ける。このプレーリーから、俺の人生を大きく変える発見を見出した。それにしても実に、壮大な草莽だ」

と、ロッキーは、忌憚のない言葉を語った。

競争相手は目前の、ジャッキー一人だ。ジャッキーの台頭と失墜は、ロッキーの将来へ多大な禍根を残す羽目に陥る。この街のキャスティングボートは、ロッキーが握らなければ、納得できない競争場裏の論理が羽搏く。ロッキーがこの街の主導権を握らなければ、二人の交友関係は永遠に決裂する悲しい結末が待つ。

「原野の区分は最初から、決めておく方が賢明かな」

ロッキーが、方針を打ち出した。

「西と東に分けよう。中間は牧場、境界線としての共有財産にしよう」

第二章　原野への誘い

単粒組織な埴土を覆う草叢へ打ち込む最初の鍬への衝撃と固さに、貴重な労働への気迫が瞬時に崩れ落ちるような不自然な圧迫と恐怖を感じた。本当にこの堅い原野の開墾は可能なのかと自問自答する恐怖さえ感じたが、労働への激しい鼓動と野心的な意欲は、精悍な開拓魂に宿る気概が跳ね返した。

一鍬の耕作面積は、五十平方センチだ。最初の一鍬で掘り起こした土地の固さとその面積は正直、絶望的だった。

視界に広がる数千平方メートルの草莽の実に、数億分の一の耕地面積の塊を足元へと掘り起こしたに過ぎなかった。

掘り起こした瞬間、開墾は絶対に不可能な分量に等しかった。一瞬たじろぎ、委縮する様な異常な感情に襲われた。

掘り起こす度に盛り上がる足元の軟らかい土塊とその匂いは停滞と怠慢を破壊し、夢と希望への励ましとなった。

数メートル前方へと、五メートル十メートルと植土を掘り起こす懸命な努力は夕刻へと続いた。茜色の鮮やかな色彩が奏でる音楽が大地を包み込む。

唐鍬が、苛酷に耐える頑丈なものでなければ役牛との共同作業は絶望だ。ロッキーの、唐鍬の補修に没頭する時間は深夜へと及んだ。


ミッチーが山麓へ歩み出ると、澄み切った素晴らしい声で歌詞を歌い始めた。募る思いと野心への頑なな思いが歌となり、詠偶を詠ず歌詞となった。

見知らぬ街から逃げて来たいやいや社会を呻吟いさ迷う根無し草街を流浪う落ち零れ
皆が夫々バラバラの半端者スローアウェイと始末の悪い愚か者が寄添う帰属と連帯感
夢と希望を掲げて辿り着いた聖地努力次第で実る盤石を機軸に挑み掛かる構想破天荒

可笑しな可笑しな矛盾を抱えてどこかで食い違い擦れ違う相克が気宇壮大な夢を追う
新たな将来と秩序を創り出す野心と偶然はお前の努力次第の実践道徳で実る秋が来る
絶望などはない自らの努力が叶える自己誘導型の闘志と武器が生存と成功への介立だ
滝壺の泡のよう浮いたり沈んだりと悲しい青春を奏でる不遇と不運が終わる時が来た
暗い星空を眺める悲しい時間の流れから速やかに脱皮は志操を叶える最後の機会だ
浮き沈みは人の必然野心が辿る過程の不断の努力が叶える数々がお前を導くDの和音
人間はいつもいかなる時も夢と希望を背負う野心と心構えが不可欠な不文律を背負う
野心に疎い人々の論理と実践道徳は蒙昧で暗愚な薄っぺらい倫理が主流の愚か者だ
蝙蝠が跋扈する社会の巷間から這い出すたった一度の懸命な姿がお前への声援と激励
極限へと自らを導く不断の努力が叶える貴い体験と展望は成功への実践と確かな経緯
無限な可能性が露わな視界の壮大な丘陵とプレーリー夢を叶てる最後の穀倉地帯だ
成功はこの国の社会機構根無し草に微笑み掛ける目的意識が叶える成功への座標軸だ
目的達成への最初の一歩を踏み出す決断と行動科学お前の将来を約束する根幹が宿る
この約束の地から乳と蜜を見出す方針と願望は野心なお前の餓鬼偏執と喫緊の課題だ

手順や手引きはないけれどノウハウは真剣勝負臨機応変な哲理は一つ無上命法と名乗
貧しい者や普通の人々をゲートウェイへ導く論理が鮮烈な概念は常に夢と宿望が宿る
根無し草は壮大な野心の原理原則が叶う強大な価値観と個人の不退転な論理が不可欠
蝙蝠たちが吐き出す不協和音が何を語るか耳朶を傾けろお前を諭す何かの知恵が潜む
そうそう摩天楼に屯す不協和音はたまたま立ち寄ったお前に一体何を語りかけたかな
漠然と摩天楼を見上げる時処位の愚かさは精神の荒廃と愚かさを如実に物語るはずだ
街に屯す根無し草の死に物狂いな労働から学ぶ物は自己を導く誘導型への脱失と黙示
この開墾には畏敬な価値観と高遠な理想と壮大な格率がお前を歓迎する盤石が潜むぞ
ロッキー分っているのかなこの原野に宿る無限な夢は常しえにお前を導く根幹が宿る
荒唐無稽な本末転倒ないや支離滅裂な構想と努力がお前の開物成務を歓迎する素地だ
不羈奔放に自由奔放に挑めよお前の器が叶える気宇壮大な成功物語は最早夢ではない
オーソドックスな論理とその逞しい生存への根幹は柔軟な知情意を備えたお前に似合
この社会は懸命な努力を繰り返す人間に報われる情熱と真実が叶える社会条理は理想
将来を見据えての破天荒に身構える気概で挑む将来はお前の名声を引き出す夢の物語

お前はこの原野を牛耳るオーソドックスな気概が露わな男と雌雄を競う片方の益荒男
餓鬼偏執とは狷介な愚か者が唱える考えでなく気宇壮大な理想を追う人物の論理観だ
開墾が辛い時は一週間意識朦朧と死の谷をさ迷った過酷な自分を思い出せよ糧とせよ
苦痛やハングリー精神は只管に夢を追い掛けて脱皮を図る高等な人間の尊い生き様だ
いつも自分を素直に見詰め直す冷徹がいかに大事かの実質を見失っては元の木阿弥だ
シナリオなんか要る物か手際よく手順よく日々の努力が確かな回答と讖緯への規範だ
ロッキーには知恵があるのかないのかお前を語る独自な知恵と努力は唯一の武器だ
野心を追え方針と願望はお前を将来へ導く確かな進路地糖春秋の夢を破壊しろ名誉だ
半端者と揶揄されても卑屈になるな社会の人々は皆半端者ならず者溢れ者漫罵者だ
自分の意志と手段で豪快に頂点を目指す気概が叶える壮大な営みは根無し草の佳和だ
苛酷な労働が源泉の意馬心猿精神衛生と健康管理への危険信号俊敏な性愛を歓迎する
お前の為に常に身構える妻の性愛は精神衛生と健康管理に没頭する妻の物の哀れだぞ
ロッキーよ地域の頂点へと伸し上がれよ経上がったお前に抱かれる妻の喜びは名誉だ
女性を抱くだけの男性ならばこの世の中には吐いて捨てるほどいる荒淫な奴らだ

私へ流す精液がお前の夢を叶える盤石と野心への根幹を支える性愛であることを望む声望へと突っ走れ娓娓たる努力に没頭するお前を抱く妻女ほど嬉しい物はない二度と再び股間に垂れ下がる逸物の無様な姿を私の前に曝すのではないぞ恥を知れ井然説が理に適う素晴らしい成功を期待する。

大地に向かってのびのびと歌うミッチーの男勝りの姿は、起伏する大地をも飲み込むような勢いと包容力と、歓喜を奏でる人間の理性と情熱が髣髴していた。懸命に開墾に励むロッキーへの、感謝と性愛への賛歌だった。

「夕べの喜びと官能から、私は目覚めた。眩いばかりの太陽の歓迎を受けて、朝を迎えたのは奇跡的な喜びよ。普段なら、朝の不安と恐怖に錯綜する無秩序な時間が循環する憂鬱な朝だった。頭の中は活気と喜びを失い毎日ただ、遠くへと遠くへとさ迷い、見知らぬ街へと離れて行くそれが、素晴らしい青春を刻んで行く一つの条件だった。私を誰も知らない見知らぬ街で、絵空事の様な夢を追い掛けて、ユニークな青春を全うする夢ばっかりを見ていた。今日は、どこの街へ辿り着くかなと考えながら目覚めた、過去が嘘のように新鮮だ。新鮮とは、こんな驚愕の入り混じった素晴らしい朝を言い表す語彙なのだと思う。朝方、普段の悪夢が過って目覚めたけれど、傍にロッキーがいた現実にほっとし、安堵感から深い眠りに陥った。思いを交わす神聖な初夜だったけど、新しい生活が始ったといえ確かな実感は、本物だ。夕べは、想像も出来ないような感動的な陶酔と興奮の坩堝に陥った。浮かばれなかった青春の不安と挫折感、孤独感や悲しみに終止符を打った衝動的な感動は、生涯に亘って忘れることはないでしょう。私は初めて、純粋な愛と性に目覚めた。夫婦として一番大事な営みは、精悍な性愛の交換だと思う。熱く情熱的な性欲の無際限な迸出は、百万語に勝る強い愛と性への熱い説得力が潜む。奥さんを抱いて精液を流せば積怨や不満の、一度の性愛で鬱積する憂さが消滅するといえ根源的な処方を聞いた記憶がある。私が、ロッキーの性愛に目覚めた事実と真実は、とうに私の心の中の秘密でしょう。

ロッキー、お早う。私は、何をすべきかな」

「起きたのか。時間があったら、廃墟へ行って、什器類を探して欲しい。何でもいいから、生活に必要な雑貨を集めて欲しい」

「分かった。ロッキー、こんな爽快な朝って、初めてよ。こんな素晴らしい朝があるなんて、考えてみたこともなかった。ロッキーとの邂逅は、奇跡に等しい。私は偶然にも、街で出会った、ロッキーと結婚するとは思わなかった。私に、しつこく愛を語った男たちは皆、私を置き去りにどこかへと消えて行ってしまった。傷ついた私は、それを癒す行為にも真剣だった。見知らぬ街から街へとさ迷った。友達が出来たが、何の魅力もない男と女の関係だった。さ迷う私はいつの間か、社会を欺く悪知恵が働いた。社会では、正義と真実を探し求める方法がいかに困難かを理解した。街の喧騒と惰眠には、心が塞いだ。どこが楽しいのかと、疑問に感じたものだ。街は、虚像と華麗な立ち振る舞いが演出する知能犯的な色合いが濃密な、秩序の上に出来上がった伏魔殿だ。人の良心とモラルを無遠慮に、踏み躙る無謀が闊歩する。私はいつも、人間の喜怒哀楽を敷き詰められた悲しい道路の上をさ迷った。街には絶望と不安が錯綜し、魔風が吹き荒れる巷間の老獪と孤弱な自分に慄き、怯え、苦痛に苛まれた。愛の本質は、情愛と愛欲に始まる誼だ。ロッキーとの愛と絆は、いかなる過酷な条件の下でも崩れる心配はないと思う。私は、スローアウエイな出自だけど、百パーセント信頼して欲しい。私はもう、昔の自分には戻りたくはない。放浪の旅は終わりにしたい。この忍耐の向こう側に、私の歩む道がある。この向こう側の、どこかに私が微笑む道があるとの哲理、私はいつもそんな夢ばっかりを見詰めて、自分を励ましていた。私は社会をさ迷い続けたが、皆が考えるほど私は愚かな人間ではない。私は社会の、優等生よ。職業学校時代は様々な虐めに直面したが、私は逃げなかった。逃げる理由が見当たらなかった。私は我慢し、死に物狂いな思いで耐えた。みんな私から、そっぽを向いて知らん顔。絡むと怖いといえ強迫観念の侵犯を受けていた。恐怖と怖い現実が、歴然と潜んでいた。私への虐めを、挟手傍観する卑怯な姿勢を堅持していた。奴は面白半分に優越感で、私を射竦める頑なな姿勢を崩さないし、執拗な虐めを浸潤に繰り返す。私の苦しみと苦痛は、滂沱の涙となって溢れ出た。何とかなりませんかと先生に度々相談し、虐めの実態を具体的に陳述した。ここは職業学校よ、実社会よと無視された。父兄会へも顔を出して、その実態を明らかに語った。が、私は、一方的に無視された。それでも度々、相談を持ち掛けた。現に、親にも相談できない苦痛を抱えて虐めに遭う子供たちが大勢いるのが社会の実態。我慢強く苦痛に耐える子供たちの過酷な運命は、徒死にも等しい苦痛と不安に脅え、苦慮する。苦悩に喘ぐ受動的な概念に埋没する深層心理の限界は臆病な論理が優先し、勇気と判断と決断力が喪失する。脆弱なギャルソンたちは、臆病に脅迫観念に苛まれているだけに供述は実質不可能だ。学童たちは、親にも相談できない苦痛を抱えてもがき苦しむ。コミュニケーションは途絶え、孤立し始めると悲しみな回答を引き出す精悍な考え方は病的に後退し、夭逝へと進む悲しい結末を迎える。人間は、一途に苦慮し始めると病的な考え方が絶対の、ダイナミックな思考回路が後退し、収拾のつかない錯乱的な精神状態に陥る。浸潤の謗りと言え語彙がある。雨水が大地に沁み込むようにじわじわと、ゆっくりと、ずたずたに人を貶める老獪な讒言を語る言葉だ。またこんな言語もある。膚受の愬だ。愬とは、訴えと言え意味だ。針が肌を刺すようにじわりじわりと、次第に、じわじわと傷付けられていき、痛烈な痛みが生徒の心を襲い、無遠慮に精神を破壊へ導く悲しみに脅え、慄く。どうしようもない事態へと発展していく。学校では、実に大勢の生徒たちが、虐めに直面している。絡むと怖いという強迫観念から明哲保全、彼らは無関心に振る舞う寡黙と含意な、敬遠する苦肉の策を選択する。言い掛かりをつけて、逆恨みする常套的な手段に怯える彼ら生徒たちは私の場合、私との距離を置く賢明な対応に走った。私は、崖っぷちに追い込まれた。もう、後がなかった。執拗に虐める生徒への、観察を怠らなかった。遂に私は、奴の弱点を握った。奴に負ける訳にはいかない確かな、真実と正義がそこにはあった。私は、勇気を振り絞った。卑怯暴戻に振る舞い、暴戻を働く奴の前に立ち開った。逃げれば逃げるほど、私の弱みに付け込む暴戻な奴は許せなかった。追い込まれてくると人間は、秩序と理性を失うが、私の冷静沈着な正義感と真摯は、崖淵に立つと意外な勇気が湧いて来た。私は一匹の蛇を片手に奴の視界に突き付けて、射竦めた。悲鳴が上がった。意外な私の反撃に奴は怯え、戸惑い狼狽し、顔面蒼白だ。奴は恐怖に陥り、教室の中を狼狽、ガラス戸に衝突する失態を演じた。戸惑う滑稽な姿は、ピエロの類だ。教科書やノートに悪戯な落書きをされた生徒たちから、歓声が上がった。嫌がらせで鉛筆を盗まれた生徒は、仕返しを忘れなかった。奴のカバンが教室を転げ回り、皆が蹴り上げるカバンが、バラバラに散った。蛙をカバンの中にいれられた生徒は、相手のカバンを踏みつけた。怨念の爆発だ。カバンと教科書を拾い集めて家路に就く奴の悲しそうな表情は、絶望的な後悔が充満していた。嫌われる言葉を吐く人間はいつか、数倍の反撃に泣く社会の実態は理解しておくべきだ。彼は二度と、教室へは顔を出さなかった。蛙を、カバンの中に入れられた生徒は、踊り上がって喜んだ。生徒たちは皆、私の勇気と反撃を歓迎、讃辞した。意外なアンダードッグ効果で、私は有利な立場に立った。過激な教室や社会に挫けなかった私の反感、反発、忍耐、勇気は、社会の優等生だ。虐める相手の前に立ち開って射竦めた強かな態度が、自分の時処位と権利を死守した。それ以前の私は、勇気を武器に社会と渡り合って苦痛に耐えてきた。卑怯暴戻な大人たちの論理やジェネレーション・ギャップ、ジェンダー・ギャップなどは常に加害者の一人、浸潤な虐めに直面する私を見殺しにした。先生といえば糞真面目な、教条主義者。判断力も決断力も実行能力もない、幼稚な論理で武装した愚か者だ。競争場裏を植え付ける臨戦的な、ショウ・ン・テルのカリキュニームは教室の、飾り物に過ぎない。先生らは、誠意も熱意もない、教室の欠片に等しかった。児童相談所なんかは無責任な、金儲けの正当な集団、飾り物に過ぎない。テレビの前で雁首並べて、通り相場な詭弁を吐けば罷り通る論理が偏見的な、一人の生徒の命などは厚顔無恥に見捨ててしまう。実に老獪な、無責任な責任転嫁が罷り通る。済みませんと低身低頭に頭を下げる大人たちの滑稽な、道化師的な姿は、国家社会を冒読する常套的な姿に過ぎない。社会に罷り通る通有性が通り相場、彼らの正当な正義感は偽善的な明哲保全だ。現にそんな大人たちの無策の前に、大勢の子供たちが尊い生命を落としていた。そして今も尤もらしい、論理を身構えて金儲けに励む。厚顔無恥な大人たちが、社会でのさばる。実に大勢の子供たちが悲しいかな、校舎から黄泉の国へと旅立ってしまった。阿鼻地獄、鬼哭啾々、勉学に励む幼い生徒たちが、虐めにあって短い生涯を終えた。寒い夜空に向かって絶叫した彼らの語彙はたった一つ、助けて！だった。私の職業学校時代は、殺伐とした空間の中に立ち竦む仔羊、社会に飛び出すと積極的に明るい街へとさ迷い続けた。混沌と困惑の社会秩序から、見捨てられた私は社会を徘徊、社会の湍流から我が身を守る、自分が呻吟っても時処位を見失しないように、しどろもどろの戦いの中から、自立へと抜き出る必死な努力を怠ることはなかった。気宇壮大な無謀な夢への抱負と破天荒な構想が、私の全人格を育んだ。人間はいつも不可避的に傷付くと、苦悩や苦悶に喘ぐ悲しい生き物だ。それだけに、死に物狂いな思いで努力に没頭する尊い習性が宿る。努力って破天荒な、いかなる凄絶な努力をしたかと考えたことがあるかな。血の出る様な精神的な努力は神技、私の信念と信条だ。自分に対して信念のない人間は崩壊する。社会には、スローアウエイな私を見守って、打ち解けてくる優しい言葉はなかった。社会の人々は私を徹底的に無視し、悲しい時処位に翻弄を浴びる日々は、滂沱の涙にくれた。しかし、私は負けなかった。ここで負けては、取り返しのつかない、素晴らしい将来と夢がそこには歴然と立ち開っていた。社会の苛酷に負ければ、私の素晴らしい人生と未来が狂うという現実への確かな闘争心を生み出した。いつか必ず、嬉しい涙を流す時が来るという狂信が私を声援、激励した。自分の性格や本質を変える努力の出来ない中途半端な意志ならば、最初から何もしない方が利口だ。腰だめな行動から遂に、私は素晴らしい青春時代の終わりを告げるDの旋律を手にした。私は、これからは人々が羨むような素晴らしい人生へと、第一歩を踏み出す盤石を手にした。将来へ向かっての日々刺激的な、自己誘導型の生き甲斐が欲しいと思っている。そして太く、大きく一歩を、踏み出す千載一隅の機会に恵まれた。本物の愛と性は、気宇壮大な人間の性と愛の誼だと思う。いつも力強く強引に無遠慮に、私を抱き締めて欲しい。私はいつも不羈奔放な、いや自由奔放な青春を歩みたい。ロッキーに、乾杯。ロッキー、ありがとう」

ミッチーの、心服の輪を移す破天荒な告白にロッキーはたじろいた。それは、彼への愛と性だった。

「ミッチー、お前は賢い。実に精悍だ。社会をさ迷った人間だけが悟る何かに、無限の賢さが漂う」

「ああ、私は、賢い」

「いや、賢すぎる。お前が社会で学んだ苦痛と忍耐力は、お前を育む履歴書だ」

「いや、本当に、賢い。自分でも、賢いという自負がある。ありがとう」

「それにしても、その粘り強い努力と忍耐力は驚嘆するよ。常に問題点を自問自答しての、問わず語りな、間違いのない自分の姿を探し、築いてきたミッチーの逞しい精神力と忍耐力は、社会の模範だ。自分の劣等感や弱点から逃げないという深層を追求する真摯な姿は讃辞に値する。ミッチー、素晴らしいメッセージを、ありがとう。終生に亘って、ミッチーの言葉を胸に仕舞い込んで置く。什器探しは，後でいいよ、飼い葉を刈り取ってほしい。牛の餌が必要だ。あの牛たちは、俺たちの将来へ向かっての、盤石を支える財産の一つだ。俺たちの夢と希望と富が懸かっている。それにしても、ジャッキーも賢いが、ローズも賢い」

「うーん。そう、賢い。彼らには、哲理、哲学がある」

「そうだな。自己誘導型の精悍な秩序と信念、信条は破天荒だ」

ジャッキーが、語り掛けて来た。

「ロッキー、すごいなあ。もう、そんなに開墾したのか」

「やっと唐鋤の、修理を終えた。これからは、戦力になるぞ」

ロッキーの夜を徹しての、修理作業に没頭した効果は大きい。

「何を、撒くかな」

「小麦だな」

「俺もだ。トウモロコシ、大豆の播種も考えている。プレリーは穀倉地帯だ」

「麦秋が楽しみだぞ。夢が無限大に広がっていく」

「飼い葉は遣った。肉体労働って大変だけど、働き甲斐が湧いてくる」

「嬉しいよ。こっちへ来ないか、休憩だ」

「――」

草叢の中へと沈んだロッキーは、上着を脱いだ。

ミッチーを引き寄せると、胸の中へ手を忍ばせた。ロッキーのディープ・キスに、ミッチーは崩れ込んだ。

「愛と仕事に飢えた日々は、俺を苦痛に追い込んだ。数々の涙を流す度に、苦痛が俺を励まし、俺を育んだ。俺は、苦痛のどん底から這い出す、死に物狂いな考え方を全うした。放浪の過程で学んだものは、社会がいかに情実かといえ本質的な問題だった。自分を見失っては、取り返しのつかない事態に発展する確かな運命の中で冷静に対応し、信念と信条を死守する明哲保全に没頭した。崩れ落ちそうな、自分を死守したのは信念だった。自分の薄幸な境遇への闘争心と忍耐は、尋常ではなかった。俺が尋常な執着心は、確かな道標に裏付けされた原動力があった。俺は原野のどこからか一つの、開拓が可能な原野の物色に彷徨い続けていた。未開地を網羅しての、開墾地を物色した。不幸に対する遠大な確かな標榜があれば、人間は崩れないものだ。俺は、生まれ変わった。ミッチーとの喜びの中に、自分の新しい道標を発見した。枯木華開くという言葉だ。意味、分かるか。力の衰えた人間が努力を持って、盛り返すといえ時の綺羅だ。力の衰えた俺が盛り返す、絶好の機会が訪れたと思っている。社会の底辺を日々彷徨う続けていた俺が、社会の底辺から這い上がって経上がっていく過程が大変だろうが、堂々と地域の頂点へと這い上がっていく人間の破天荒な意気込みは無上命法、成功物語を語る手段の一つだ。この国家の社会条理、社会の底辺を彷徨うデラシネたちの死に物狂いな凄絶な努力と娓娓《びび》で、乳と蜜を手にする社会機構が尊重されている。この国家が、いかに素晴らしいか国家秩序に潤っているかは、マリーナ・デル・レイにはためく数千本の、蝶のように優雅な林立する帆船を見れば自ずと納得するはずだ。あれはこの国の規矩準縄、根無し草の憧れと理想と夢とステータスだ。この多民族国家の、国民の社会的地位ステータスは、アメリカン・ウェイ・オブ・ライフと呼称する理想と裕福こそ、この多民族国家に住み着く国民が手にした、我々デラシネたちの規矩準縄だ。皆が皆、しどろもどろに働く根拠は、成功と名乗る名声と豊かさだ。この国家は、働けば働くほど豊かな富を手にできると語ったのは、フランスから移民した一人の農民だ。視界に広がる圧倒的な衝迫力は、社会を彷徨い俺を叱咤激励、魅了する魅力に溢れていた。俺たちを歓迎する体制を整えた過激な、示唆に富んだその営みや魔性、原野に溢れる無限の富と夢は、野心家の俺の覇気と夢を無際限に掻き立ててきた。俺の、健全な全人格がこれを受け入れた。俺はこの国家の成功を足掛かりに、成功への道を追い掛けていく考えだ。俺の脳裏の奥深い場所に蹲った儘、俺を終始苦しめた巨大な悪魔が蘇ることはないだろうと考える。俺を苦しめたもうぞうは、ミッチーと喜びを交わす最中に消滅した。そして俺も、この素晴らしい朝を迎えた。俺は、絶望から這い上がっていく。この絶好の機会を見逃すようでは、俺の将来は絶望に終わる。俺の、放浪は終わった。気概が篭る。夢が、動き出した。挫けるなよと、俺を励ます。努力を怠るような怠慢では、俺の将来は絶望だ。躊躇する理由はない。問題が勃発しても、怯える理由はない。苦痛と鬱積は、ミッチーが癒してくれる。見果てぬ夢を追い掛けるのだから、荊棘《けいきょく》を取り除く知恵も必要だ。俺は常に、新しい酒を古い革袋に入れるといえ発想と野心で着想、判断力と決断力を持って、実行する考えだ。責、一人に帰すといえ言葉もあるが、全責任を背負う責任感を持って、死に物狂いな考え方で労働に勤しむ考えだ。河川の意に従って流される蛙は、漂溺の運命を辿る。河川の意に抗って生きていく信念こそ、自分を育む社会を手に出来る。そしてそこには、人間の壮絶な戦いが宿る。刺激的だ。自己誘導型の刺激があれば、競争場裏に敗北することもない。ポテンシャルは、一流だ。モチベーションも、一流だ。俺の、プロフィールかなーー。ワッハッハッハ」

「素晴らしい考え方よ、ロッキー、頑張れ」

「ロッキーと、ミッチーはどこへ消えたのかな」

ジャッキーは、近辺に視線を送った。

「彼ら二人が結婚するとは、思わなかった。意外や意外、青天の霹靂だ。俺たちの結婚で、刺激を受けたのかな。休憩するか」

「パンを、用意したよ」

ローズが、袋からパンを取り出した。

「好きだよ」

ジャッキーは、無遠慮に胸へと掌を差し込んだ。

「ジャッキー、頑張るのよ。こんな幸運な機会は、二度と訪れないわ」

「ああ、そうだよ」

「――」

ローズは、立ち上がると、壮大な自分の歌詞を歌い始めた。

「夢は叶うか叶うか夢はどん底から這い上がる方針と願望確かな私の気迫と気概末始終
歩一歩踏み込む度に数千羽の昆虫が舞い上がる草莽は夢と希望の宿る私の楽園理想郷
いつ死んでもいい者の生存への気散じな意気込みがさ迷う原野の無情な掟と行き倒れ
不可能な高い望みを掲げてさ迷い歩く私を偶然に救った夢みたいな現実は値遇の縁だ
叶わぬ夢を追い掛ける一途な願いをシュプレヒコール熱い思いと努力はお前に委ねる
値遇の縁って不可思議ないや不可解ないや摩訶不思議な男と女の出会いと物の哀れか
飼い葉を刈り取る喧噪な雑音が和音と愛を奏でる偶然が導く明朗な流れは不可解な絆
あっという間に私の性が和音の旋律を奏でる長歌へと誘え男性の確かな物の哀れだ
初夜とは夫となる新郎が私の破瓜をこじ開ける劇的な瞬間を語る性愛の交わりは神聖
初夜って勃起した精悍な逸物が荒々しい勢いに乗って不羈奔放に暴走する物の哀れだ
荒淫な上私意的に不羈奔放に振る舞う逸物のあり得ない無様な姿が股間に垂れ下がる
股間に垂れ下がる太く長い逸物を視界で垣間見た瞬間異質な衝撃と悲劇が脳裏を過る
衝動的な考えと真偽を確かめる気散じな思いが瞬時に私を襲う不退転な覚悟禍福無門
場所を弁えず不羈奔放に勃起する逸物が股間で垂れ下がる衝撃は嘆息と絶望を物語る

不思議よ不思議裸出に無反応な股間に苛立つ私は破廉恥な行為の選択には躊躇しない
そっと事態を観察する凄絶な思いが実直に禁欠を剥ぎ取る大胆な行為を無遠慮に選択
直截的な目的意識と将来への生存と子孫と愛を奏でる喜びを見出す女性の多幸と有望
夜な夜な躍動感を期待する不羈奔放な器官の虜になる官能的な瞬間が待望と喜びと夢
躍動感が途絶えた器官がなぜ無様な物かの悲劇が脳裏を掠める瞬間は残酷な仕打ちだ
予想だにし難い確かな現実に戸惑いと惑乱が湧き起こる絶望的な初夜の儀式が哀れだ
手を差し伸べる懸命な努力は機能を促す死に物狂いな蛮勇と情熱将来への左提右挈だ
不妊症の八十六％が男性の機能障害が原因とか哀れな結末と悲惨に滂沱の涙が襲う
破廉恥な行為か厚顔無恥か荒唐無稽な決断が機能の正常を確かめる衝撃的な策は真剣
細くしなやかな五本の指が無意識に伸びる股間は追い詰められた女性の真剣な選択肢
過敏な機能が男性の正常を物語る亀頭へのそっとした接触が叶える愛撫は過激な過激
唾液が潤滑剤の喜びを穿つ死に物狂いな行為は正常な夫婦の営みに不可欠な誼の一つ
蠢動《しゅんどう》が湧き起こる瞬時の指数関数的なしなやかな勃起と幾何級数的な喜びは感動だ
健全な肉体と精神を物語る機敏な反応と妻の誼を受けた喜びに股間が一気に勃起する

劇的な勃起の回復はある種の驚愕と驚異歓喜と感動が蘇る返る私の喜び無限大に穿つ
狂気と独善と決断が自分を有利へ導く実行へと凄絶な行動は天賦人権と必要不可欠だ
雁字がらめに抱き締める腕は男性を興奮へと導く衝撃的な時系列と愛と性の誼だった
以後私を雁字がらめに抱き締める順応と受身な体位は他律的艶麗的矯声的だった

立派に名乗るジャッキーという名前所詮社会の落ち零れ石ころの哀れな宿命を背負う
偉そうな格好で歩く日々の悲しみと苦痛が累積する鬱憤は徒手空拳なお前の醜態悲劇
匹如身なクルスを背負い社会に伸し上がる標榜がハングリーな凄絶お前の捲土重来だ
乳と蜜が溢れる国家の社会機構野心のお前の憧れの世界無駄に過ごす時間は最早ない
栄枯盛衰はお前次第字々紋々の畝立て縦に横に広がるレングスは麦生への確かな一歩
日々ベストを尽くす労働への執着心が叶える発憤興起はお前の天性だ農民魂だ
破天荒な個性と行動力で構想を達成へと導く不羈奔放な自由奔放な考えは開拓者魂
日々地平線の向こうに沈む太陽を追い掛けろ逆光を追え縦横無尽な労働に励めよ
夕間暮れの時間が勿体ない畝立へと邁進する勢いに死に物狂いな覇気はお前の精神だ

夢と野心を胸襟に乳と蜜の溢れる大地と張り合う対等な権利はお前を励ます唯物論
素晴らしい光景ひ弱いお前の気酸じな負けじ魂が破天荒な開拓に挑むn!階乗いかに
旗幟鮮明な標榜を掲げて過激な夢を追い掛けろよ志はたった一度の規範自己の体現
石地なんだ赤地がなんだ肥沃な大地に耕作すれば耕耡耕殖が可能な穀菽の大地だ
青春に禍根を残すではないぞ巨大な乳と蜜の獲得は娓娓たる努力の成果と帰結だ
カール・マルクスの言葉を借りるならばお前も無人な海岸へ流れ着いた根無し草
お前も約束の地で金字塔を打ち立てなければ社会から侮りや誹りを受ける笑い者だ
千ドルは俺の小遣いだと雄叫びを上げるお前の人望と夢が地に落ちる挫折は最悪だ
普段から何処かが違うどこかが違う正当な生き方に共鳴する人々の評価信用が失墜す
腕一般脛一本のお前が苛酷な大地に打ちひしがれる趨勢が独りよがりでは結末が地獄
この地の開墾は伸び盛りのお前のひ弱い肉体と精神を鍛え直す妥当と相応な土壌だ
お前が一握り大きい人間に成長する否か一歩は極めて危険な賭けと努力から得る凱歌
冷徹に見極めろ非凡が集中する大地に挑むお前の集中力や冷静沈着な平常心が根幹だ
計画的に駆け抜けていく過程の苛酷な状況には強靭な精神力と数々の試練が控える

将来への功名や光明は伸び盛りのお前が不退転に挑む力学が叶える結果と成果は夢だ
安易に身構えて叶える夢はないお前の拠り所は神々の信仰とは無縁お前次第が神だ
牛しゅぅ馬勃《ばぼつ》なお前が牛しゅぅ馬勃から這い上がる全ての条件を備えた原野に挑め
時に会えば蚯蚓も虎だといえ諫言はお前が虎に生まれ変わる最初で最後の原野だ
乳と蜜が視界のこれほど贅沢な原野が絵空物語に終わる悲劇はお前の無能を語る語彙
不可能な現実を可能に仕向ける座標軸を攀《よ》じ登る光景は一番相応な原風景がこの草莽
中西部のうらぶれる原野の優先順位第一位はこの草莽に畝を並べるレングスに掛かる
社会に巣くう無節操な人々の偏執性や狭隘性は不羈奔放なお前の努力とは無縁無視だ
アメリカンドリームへの標榜に不可避な弊害とか視野狭窄とか怠慢とかは無能者の類
お前が社会から学ぶものは軽快な和音を奏でる黄金の蔓を手繰り寄せる富への執着だ
開墾へのテーマは鳥の目虫の目お前の知能が考え出すミニマックスの原理優位に立て
ロッキーに後れを取るではない優位は微妙でも勝利しなければ二人はいつか喧嘩仲間
私の期待に沿う努力と真摯な働き方は確かな情熱と利権将来のお前には有利に働く糧
毎朝の戟手《げきしゅ》は油断すれば緩み勝ちな段取りと効率を約束する最初の厳粛な作業だ

今日の段取りは前夜に描け顔面を鍛え直す戟手が叶えるレングスは一歩二歩漸進だ
無上命法とは同時に始まった競争場裏に打ち勝つ人間の壮大な競争原理を語る語彙だ
不公平な日々の進歩と効率が叶える努力の数々は漸進を約束する促すお前の要諦だ
お前は視界の数々の試練に勝たねば新規に撤き直す機会が絶無な過酷が控えるぞ
お前の将来を約束する懸命が中途半端な結末ならば滑稽な事態を招く不幸と絶望だ
能率的な開墾や合理的な進捗はお前の夢を伺う上で日々視界に飛び込む華麗な歓喜
社会はエゴと打算が衝突の鎬を削る日々の糸毫が叶える確かな一歩には夢が一杯だ
ジャッキーお前は自分の努力で手にできる利益を他人に譲歩する愚か者にはなるな
そうだ愚公を山に移す行為は中途半端であっては沽券と自尊と論理に反する行為だ
土壌に汚れ放題の顔から溢れる汗は耕作に励むお前の得意満面な形質目頭が熱くなる
逞しく精悍な益荒男よその貧弱な五体から湧き出る無限なエネルギーは驚異と驚嘆だ
この異郷の地で乳と蜜を鷲掴みする無謀な賭けに挑み掛かる壮大な磨斧作針の最中だ
物分かりの悪い彼は怠慢と惰眠と妥協に潤う彼ら里耳には大声は届かないよう
不特定多数な巷間で垣間見た人を侮る社会への抗いと紆余曲折な将来を展望する糧だ

機宜は戦略と成功への防衛怠る事はない娓娓たる漸増主義へ頑なな開拓魂に凌駕せよ
不本意な頓挫から夢と蜜を崇めて辿り着いたお前の失墜と溝壑己への恥さらしと醜態
日夜大量の富と糧を求めて跋扈する根無し草の美談佳和から後れを取るではないぞ
運命と名乗る不文律が叶える成功への偶然はお前の讖緯《しんい》と夢を奏でる志操のお陰だぞ
プレリーの歴史にその名を刻むか底辺から這い上がるお前の醜態が盤石佳和への美談
お前にぞんざいに関わり合った奴らへの遣り遂げる反骨は羞悪心を癒す足跡と成果
自分を苛む羞悪心を癒す不退転な努力がお前の成功と高名を地域に語り掛ける功名
失敗は恐れる理由はない鋭いメスを引っ提げて大地に挑めよ大地がお前を出迎える
失敗しても構わぬお前が納得する方法で開拓に挑めしかし妥協譲歩はご法度だ
お前のやり方が理想を適える盤石ならば笑いたい奴には笑わせておけば丸く収まる
お前は無欲で頑張れ無欲といえ無限の可能性がお前を導く根幹盤石だと考える所以だ
地球の裏まで掘り起こせ掘ってみろ明日は明日の風が吹く」

手足を使って存分に踊りながら効果的にジャッキーを励ますローズの歌詞は、一人の男に人生を委ねた女性の凄絶な戦いだった。

浮かばれなかった過去への怨恨と憤慨と、凄絶な思いが凝縮の歌詞は強烈な精神が宿る。地球の下まで掘り起こせとジャッキーへの激励するローズの気概の大きさは、一人の女性の器の大きさを物語っていた。

ローズに呼応するようにジャッキーが立ち上がると、自ら壮大な歌詞を歌い始めた。

「大きい宇宙のこの下で何が起こるか予測はできぬ禍福無門とは竜頭蛇尾だ
懺悔滅罪の神よ産霊の神よ安らかな生活と喜びを与え給え黄泉の王が俺を虐める
青春の苦悩と悲劇を覆う頑迷なベールが包む社会の性善説と阿鼻地獄が跳梁跋扈する
のた打ち回る苛酷な社会の情実に立ち開って志操を曲げない気散じな青春が呻吟う
天秤棒にブレーキを掛けたような不思議な社会のきてれつ時代相社会相俺は混沌混濁
青春とは孤独無縁か努力と名乗る確かな一歩を踏み出す気概と破天荒俺の冒険と無謀
成功の達成が不可能ならば耕耡への快挙が未熟な結果に終わる事態は笑柄の対象だ
競走条理が社会の実質成功への確かな標榜がなければ未熟な俺の構想が未熟に終わる

そういえば俺って未熟が幾重に折れ重なる脆弱な肉体に過ぎないこの地で鍛え直すぞ
過去の数々の禍を永久に葬る気概がなければ天運は俺を完全に見捨ててしまうだろう
社会の落ち零れの一人に過ぎない俺の生き様この地で乳と蜜との鷲掴みが自己の実現
滝壺に流れ落ちる泡の如く社会での翻弄を断ち切る最後のチャンスを棒には触れぬ
社会からの侮りが普遍的な立ち位置から自分を取り戻す千載一隅の悔いは見逃さない
遠大な構想を描きながらも自分の貧弱な肉体と精神への嫌悪を素直に認める己が辛い
足元へと掘り返す土塊を鍬で叩き潰す度によろよろとふらつく俺には開墾は無理かな
長い一生を絶望に耽る愚か者の一人で終わりたくない俺の執念が無際限に俺を穿つ
足元に次々と現れる土塊にバランスを崩す情けない形質の研磨は成功への鍵の一つだ
あらゆる試練が俺の能力を混乱へと導く不可解な現実は難破する船舶の危険を物語る
開墾への美徳と論理を掲げての反骨精神が挫折する悲しい結果は若さを誇る俺の醜態
悲しい力学とひ弱い俺が鍛え抜いたロッキーとの競走場裏に打ち勝つ夢は実現するか
謳い文句を並べて貧弱で未熟な俺を終始効率的な方へ導く塩の利いた栄養剤があるか
社会で学んだ空想を頼りにしししふし言う蒟蒻問答ならば即容易にできるレシピはない

俺には俺なりの考え方が獰猛を振るうが一抹の危惧が脳裏を駆け巡る不安は最大の敵
しかし鬱勃たる覇気が沸き起こる才気煥発な気概が意気込む夢への抱負は真剣と真摯
狂簡が野心への頑な抱負は均等な機会を手中に収める俺の絶対なる闘志が盤石と漲る
俺って己の貧弱な筋肉に躊躇する未熟だが右顧左顧する優柔不断な愚か者の類でない
最初で最後このチャンスを見逃す愚かな俺ならこの世に生まれた益荒男の価値がない
俺がこの絶好の機会を我が物に仕向ける闘争心とその反骨精神はどこかが違う資質だ
どこかが違う俺の破天荒極まる才腕が挑む壮大な構想は開物成務という不可能な怪物
耕鋤耕殖《こうじょこうしょく》は成功を志す俺の全人格が爆発する非凡な努力への志操と標榜と確かな巧牌
アメリカは非情が原則均等な機会だが冷酷情実が罷り通る社会への挑戦は絶対の論理
成功は成功を志す俺の特権このアメリカでは無駄に費やす時間がないのも真実だ
独自の認識や素晴らしい構想を確かな形に変える最初の動機を見逃すのは南柯《なんか》の夢
仕事の際に潜む機会損失への真剣な眼差しは成功を志す俺の絶対なる資質と奇策だ
時代の流れと把握に疎いという自分の不利を有利に利巧に戦術的に生かす理知もある
浮沈が極端な俺に喚起を促す最善の手段は亀鑑的な讃美歌への心酔や妄信ではない

ずたずたに切り裂かれた青春が蘇る頑強な意志が明日を展望する俯瞰は爽快な展望だ
コロンブスが考えた理論は真新しいものではないが自己誘導型の倫理が截然と聳える
彼の偉大さは独創的な概念ではなく自分の信念を証明する勇気と実行に移す忍耐力だ
最高の結果を引き出す努力と観望は目的を達成する過程に適う偉大な独創性と結果だ
俺は自分の欠点がいかに大きいかは納得済みだが何が最善かは理解する能力に優れる
最高の結果を引き出す努力への確かな一歩があれば結果を得る最初の一歩は序曲だ
行動科学は慎重で臆病で浅い海を航海し危険を冒す勇気に疎い俺へのアドバイスだ
成功を志す凄絶な一歩が視界に広がる荒野へは独自の敢行に俺の真剣な覚悟が潜む
素晴らしい結果を引き出す努力に邁進するならば俺は努力に比例する成果へ導くはず
賢明な人間が藻掻きながら乳と蜜を標榜に懸命な努力で己を導く理知は高貴な理想だ
俺みたいな社会の半端者が滑稽な己を導く高貴な理想と歌えば笑柄なる悲しみは実際
俺には巧牌は不要終始俺を有利に仕向ける結果と成果へ導く努力こそ俺の夢への驀進
何が最善かと問い質せば均等な成功を機会へと強かに導く独自の方法が夢を適える
これから未知なる海への乗り出す勇気と目的達成への耕鋤は最初の本物の動機だ

無上命法へと常に心が動く野心と願望が宿る餓鬼偏執への渇望と論理と倫理が冴える
俺が唱える気概が破天荒に挑む開物成務は無上命法といえ哲理が絡む現実は有利だ
帰納法が夢を適えるか俺をバックアップする情報と耕鋤への忍耐力が頼りの開墾だ
俺が挑む遠図な構想は危険な外洋に乗り出す船乗りに等しい冒険と無謀勇気で挑む
鍬一本で数百平方Mの草莽な原野が実質開墾できるのか否かと質せば回答は不可能だ
夢と野心を胸襟に抱えてさ迷った数年間の集大成は原野への無謀な挑戦は必要不可欠
ロッキーとの競争場裏は熾烈一歩も譲れない真実への成果と結果は自己の実現だろう
刎頸《ふんけい》と名乗る昵懇と信憑性は愚者の仲間意識天敵的に潜む熾烈が勝者への論理が優先
この雄大な眺めと富は俺の野心と壮大な理想が豊かな将来を目論む俺が手にする富だ
そうだ俺の心の中に潜在する劣等感と名乗る羞悪心はロッキーの戦いに勝つことだ
面壁九年とか石の上にも三年とかは社会が持て囃す成功への既成の概念は願い下げだ
この約束の地から自分が崇める富や幸運の鷲掴みが根無し草俺の競争場裏自己の実現
不断の努力で適えるならばリッチな階層への仲間入りこそ一目瞭然な名声と座標軸
デラシネや貧しい者を野心家に仕向ける社会条理とその魔性と盤石は俺の経営資源だ

混乱や暴力沙汰が頻繁に勃発する社会の情実は貧しい者への乳と蜜を掻き立てる盤石
社会の混乱の中へと自らの青春を導く愚かな結果は絶望する人間の悲しい性に等しい
日々打ち拉がれた絶望と不安との戦い中から目覚めて絶対の不可能に挑むは暴虎憑河《ぼうこひょうが》
社会の底辺から這い上がる掛けた橋は渡らねば青春の夢が画餅に終わる悲しみは惨い
オーソドックスな異見や選択肢が本物でなければ俺の構想と夢が渓壑へと没落する
母斑的な社会意識や脆弱な論理への信憑性は俺の夢を破壊と導く悪魔の論理に等しい
破天荒に振る舞う俺の人望と夢が地に落ちる事態は最悪の地糖春秋の夢として悲劇だ
一滴の水の雫を日本の指で持ちあげる凄絶な心構えと努力への媚媚は金科玉条な志操
日頃からどこかが違うどこかが俺の真骨頂かの正体の把握が俺を導き諭す一つの要因だ
鼓腹撃壌に甘んじた己への激怒と貧困が四面楚歌で終わる事態は人生の没落と悲劇だ
実に迂闊だったと愚痴が癒える時処位ではない確かな根無し草が環境と宿命へと挑む
絵空事に終わる事態は極めて苛酷な孤独憔悴という極限へと人生を導く運命と対峙す
俺の規矩準縄と宿命は劣悪な環境を有利に仕向ける打ち勝つ精神力と独立心が必要だ
世界一豊饒な社会に溢れる富を堂々と手にする一廉の成功への音符は俺の奏でる長歌

この蜜と乳とが溢れる喫緊のテーマが不本意に頓挫する不遇と憔悴は敗北と失墜だ
こんな破天荒で不羈奔放で野趣的な俺を励ます奇特な奴が一人いる不可解な奴だよ
頑張れ頑張れとGO FŌR ITとデュウィータフッは頑なな奴だが社会論理が冴える
観念としての目的は欲求がそこで満足させる対象の投影物であるから未来を目指すか
俺は変わり者か呼び名はカール・ジャッキーこの世の溢れ者根無し草社会の鴻毛赤貧
成功への自我と行動の同一性こそ動機づけとなる本性を理解する知恵が澎湃と台頭
摩天楼の街を牛耳るオーソドックスな異端と不協和音が俺を気概と破天荒な男への露払い
俺とは五十歩百歩の混沌とした社会の底辺でさ迷う溢れ者の姿の悲しい事俺は御免だ
ジャズは常に変拍子タイム感覚個性的な流れはいつもオーソドックスな俺を抱き込む
自由奔放な不羈奔放な俺の鴻基な野心は青春の砥柱無上命法で挑む乳と蜜へ挑む旗振
社会の一角に埋もれる愚かがいかに無意味か実態への観察はファンキーな俺の原点だ
苦渋に満ちた悲しみや絶望感は青春の必然か俺の全部を癒す壮大な賭けが火蓋を切る
悲しみや挫折感とさ迷った青春もそろそろお終わりにしましょうと宣う妻の激励だ

そう遣れ遣れ遣って見ろ今やらねばいつ遣るの確かな方針と願望への正解と雄叫びだ
タイムシエリングシステム的に仕上げる畝立と褐色への大地壮大な俺の息吹を感じる
劣悪な環境に打ち勝った強靭な精神力と冷徹な介立と独立への音符が奏でるDの和音
野垂れ死ににに終わる行き倒れに終わるのか宿命の気概の籠った一撃が適える金字塔
しどろもどろに打ち拉がれた羞悪の炎から俺が見出す一条の光は荘厳で崇高な夢物語
日々死に物狂いに働く能率への周到な手応が十分な俺が冴える無謀な賭けは俺様流だ
俺のポテンシャルに委ねるサクセスストーリーが渦巻く高運と禍福無門は幸運の肯定だ
貧しさに耐え不満に耐え幻影に終わるはずの絵空物語が息吹く感動への思いは新開地
耐えた耐えた耐え忍んだ俺が夢物語を追い掛ける真実は貧しい者の論理と倫理と体現
挫けそうで挫けない痩せ身が西日を相手に茜色を追う役牛を追う夢を追うああ感動
最大限可能な畝立へと邁進は二度と再び訪れることは絶望な今日一日の成果の達成だ
サラダボールの中でお互いが競い合い逞しく行き交う行為自体が熾烈な競争場裏だ
俺の無遠慮な考え方が構想を練る一途な考え方には原子炉に等しい源泉が宿る真実
アメリカの発展は努力が積み重なって出来た人工の乳と蜜を叶える倫理から出発した

自分を究極の世界へと導く凄絶な戦いの中には栄達と終の棲家への一途な思いが宿る
さ迷っていただけに終の棲み家での成功と憧れは将来への磐石は絶対なる価値が潜む
ロッキーよお前がいるから俺の競争場裏を掻き立てる互角か否かいつかは分かる相克
ロッキーがいるから俺がいる彼に卑屈になるな脆弱な俺を癒す闘争心が勝利への雄叫
一角の素質が優秀なロッキーに見劣りする一籌隔たりが悲しい排撃は敵愾心競争場裏
互角では敗北だロッキーを切り離すレングスこそが勝利俺たちはいつかは喧嘩仲間だ
バイオリズムが狂うばっかり労働に没頭唯々諾々と明日を見据えた将来への俺に服従
アメリカの男たちが世界に凌駕する根幹は苛酷な無上命法と競争原理と独創性と発想
社会と脆弱なサバイバルに立ち開る気概こそ乳と蜜へ大きく前進する無上命法だろう
明日の目的に向かって突っ走れ社会の種々相突き破れ俺の夢は餓鬼偏執と得隴望蜀《とくろうぼうしょく》だ
俺の唯一の危惧は気の緩みと怠慢失敗への不安と恐怖だ獅子奮闘に努力せよと宣う妻
私は腕の中の小鳥よ痩せこけた腕力が抱え込む迫真の抱擁は映画の中の主人公と宣う
そうお前への配慮と行き届いた心配り目配り気配りｋｙへの危険意識と精神衛生は秀逸
脱げよ脱げ脱げ裸出へ焦燥の抑え難いｋｙへの確かな誼は今日と明日と将来への絆だ

発想と野心俺の青春の砥柱だ」

彷徨い続けた、過去の苛酷な体験はどこかへと去った。そして今日そこにある確かな実態は崇高な、人間の摂理と壮大な野心に挑む精悍な益荒男の至純な形質だった。遂に羽搏く高運に見舞われた青年の、崩れることのなかった青春の過渡期の頑強な砥柱は、具体的な形となって彼の視界に飛び出してきた。

「ジャッキー、貴方が好きよ。愛しているわ」

ローズが歩み寄った。

労働への確かな進展と自信は、ジャッキーの覇気を掻き立てる盤石だ。覇気の充足にジャッキーはその夜、リュックの中からハーモニカを取り足すと古い歌を吹奏した。

ジャッキーが陋巷を彷徨う悲しい夜の一時、自分の悲しい時処位を慰めた一曲だった。

さあ、ジョン・ヘンリー家には金がなかった

彼は言った十セントの銀貨一枚しかないが
お日様が沈む頃まで待ってくれれば
銀山の人から都合をつけて来てやる

ジャッキーにどっと疲労感が襲い掛かったが、極度な疲労感が愚痴にはしなかった。労働と疲労の相関関係で苦痛に歪むならば、ジャッキーの夢と希望は徒労に終わるはずだ。社会を彷徨い歩いた苛酷な現実に抗ってきた彼の心の中ではこの、尊い機会を尊重する確かな流れが脈々と沸き起こっていた。ハーモニカの中に、ジャッキーの青春が沈殿していた。


「ロッキー、家の修理が、喫緊のテーマだよ」

ミッチーが問いかけた。

「古い建物から、剥ぎ取ってくるか？」

「忙しくなってくるぞ。荷物を運ぶ、荷車が欲しい。何処かに、転がってはいないかな」

「役に立つものは、何でも利用したい物だ」

「あのホッパーの中には、何が蓄えているのかな？」

「中を、調べてみようよ。何が残ってはいないかな？」

「このゴーストタウンは、宝物の宝庫だ」

ジャッキーが叫んだ。

ロッキーが、丸太で底を強く叩いた。音が、鈍い。

「何かが、ありそうな気配だ。開口部を開けてみるか。道具は、無いかな」

ロッキーは、錆び付いたモンキーレンチを拾い上げた。そいつで、ホッパーの入口をこじ開けた。

「すごい。忘れ物かな」

ジャッキーが、呟いた。

「備蓄だろうか。この小麦、発芽するかな。いつの物かな。乾燥しておこうよ」

二人は、歓喜した。期待はしていなかっただけに顔を合わし、喜んだ。食料としても使えるはずだ。

「ミッチー、袋を持って来いよ」

ロッキーが叫んだ。

小麦を確保したロッキーは、何かを物色するように近辺に足を運んだ。

飼い葉を刈り取るローズが草莽の中から、頑丈な荷馬車を発見した。驚きと喜びが頂点へと、駆けあがった。

「これ、荷馬車じゃないの。使えるかな？」

「誰が、何を発見したのか？」

ジャッキーが歩み寄って来た。

「荷馬車よ。」

ローズが自慢げに、荷馬車を指差した。

「ローズ、凄い物を発見したな。これなら、使い物になる。油は、あるかな。回転部が、錆び付いている」

「探してみるか」

ジャッキーとローズは油の探しに、倉庫へと足を運んだ。

「ロッキー、それより唐鍬は誰の物かな」

皆が喜ぶ様子に、ミッチーのジェラシーが爆発した。

「皆の、財産だ」

ロッキーは、戒めるようにミッチーに言った。

「発見したのは、私よ」

ミッチーは譲らない。

「気持ちは分かるが、個人的な感情を入れてはいかん。生活が、始まったばっかりだ。荒波を、立てるな。一人一人の利欲な尊重は、将来的に非常に危険だ。我々の間には、利欲があってはいけない」

ロッキーは、戒めるようにやさしく諭した。

そんな心配をよそに、四人は秩序を保って生活し、お互いが切磋琢磨した。


「今日は、俺の番だ」

と、二人は日々交互の唐鋤を巡って争うような競走場裏に明け暮れた。飼い葉を刈り取るミッチーが発見した唐鋤は、大変な威力を発揮した。

大地に挑んだ最初の一鍬は、無謀な冒険と絶望の交錯する悲しい現実に直面したが、二頭の役牛を使い、草莽を掘り起こすロッキーたちの効率と能率は、殖土を忽ち耕地に仕向ける快挙を達成した。

ゴースト・タウンに隣接する山麓から逐次掘り起こす丹念な労働と役牛の能率と効率が適える成果は、稜線を越え向こう側の谷間からまた稜線を越えるという激しい起伏を一気に開墾する快挙に至った。

往復一時間と三十数分、太陽が静かに沈む茜色の、暮色蒼然へと励む懸命な労働と麦秋への熱い思いと執念は、初冬の播種を標榜に畝立へと不退転の気持ちが働いていた。

「能率が上がるよ」

自分の成功への野心と欲望だけが草莽に働く二人には、唐鋤を発見したミッチーへの感謝は希薄だ。二人は競争原理の働く凄絶な波に乗って懸命に自己の実現に向けての努力を惜しまなかった。いつもそんな競争場裏が無上命法的に、二人を支配していた。

見渡す限り草叢だった視界の、広大な山麓が褐色の沃野へ変貌する、タイムシェアリングシステム的に劇的な変化は官能に等しかった。懸命に働く論理に否定的な概念の侵犯を受けていたロッキーの怠慢と横着な概念は、働く意義と喜びを学び取る教師の役目を果たした。温藉清冽なその気概が、性状奔放は労働へと意欲と執念を極めた。山の向こう側へと太陽の沈む頃はまだ序の口、彼誰時へと死に物狂いな労働は劇場的、社会の巷間に置き去りを食らった彼我の絶望感と焦燥は、精悍に讖緯を志望する原動力に変貌した。ミッチーが時折見学する山麓で、ロッキーの労働に没頭する精悍な姿を垣間見る姿は刺激的、素晴らしい家庭の建設に勤しむ懸命な労働に真摯な人間の生き方を学ぶ。ロッキーに乗せて貰わなければ、こんな感動的な風景を見る機会にも恵まれなかった彼女には、満ち足りた時間の流れだ。ロッキーに乗せてもらわなければ、今日も何処かの陋巷を彷徨う孤独な運命が押し寄せる、苛酷な時間の流れの中に身を窶す惨めな青春が待ち受けている可能性が濃厚なミッチーは幸運な、喜びが加速する恵まれた環境に我が身を曝す喜びは僥倖に等しかった。

ある日の夕刻後、ローズのお宅へミッチーは尋ねた。

「ミッチー、ミッチー、ちょっと待ってね」

と狼狽するが、ローズに羞恥心はない。

「男性的の考えって、捨戒的だ。子供の誕生には、宗教は関係がないと宣うの。宗教の冒読と妄信を浴びた人間の精神は、極めて脆弱だ。神々は、様々な手段と口実で偽善的に信者を欺き篭絡し、嫌し、懐柔し、我々を塗炭の苦しみの中へと追い遣った。我々は、社会の純粋な流れの変化に明順応する公序を忘れてはならないだって。社会はいつの時代でも、新しい酒を古い革袋に入れるイノベーションと、モチベーションは、不可欠な条件だと論戦を張るのよ。イノベーションとモチベーションの発想と野心がなければ、人間の精神は日々は脆弱な、社会の暗闇をさ迷う羽目に陥ると言うのよ。この街の新しい秩序は、俺たちの倫理と論理で形作って行く発想と展望が必要だ。この街を終の棲家へと導く根幹は、その活気に満ちた秩序が大事だ。大勢の開拓者たちが住み着き、喜びを分かち合うような街づくりが必要だ。宗教は、愚か者たちが心酔する病理現象だ。狂信者の代名詞だ。神などは存在しない。俺の神々は、信念と信条、捨戒の中に自由奔放な気概が宿るのが、気迫だ。捨て身こそ人間が、不羈奔放に、自由奔放に自らを切磋研磨できる条件の揃った教室だ。済度も授戒もそれは人間の権利を保障する信仰ではないと、こんな正論を吐くジャッキーには勝てない。哲理がなければ人間は荒廃し、性愛がなければ男女の世界が荒廃すると宣う。ちょっとの油断が原因に躓き、社会をさ迷い続ける薄幸に直面するのだって。そうかねぇ」

「迷惑だったかな。ちょっと、ロッキーの言葉を伝えに来たのよ。時衣の、買い物に行かないかって。考えておいて」

「楽しい企画ね」

「一生懸命であれば、解決しないものはないと思う。懸命に働く男性の姿って、実に官能的だわ。労働の苛酷が源泉となる喜怒哀楽のトラウマが、欲望へと発展する理由は理解できる。楽しみの一つとして、身構えている感じよ」

「忙しいのよ。片丘へ来い、下道へ来いとの叫び声、ローズの耳朶には飛び込まないかね。嬉しいけど、恥ずかしいのよ。おいおい脱げよ、脱げ脱げ、股を広げろ見せろよだって。意馬心猿よ」

「ハハハ。聞こえる、聞こえる。お互い様よ」

社会から遊離した二人だけの会話はいつも夫婦の交わり。亭主との誼が話題の一つである理由は、この街の人口密度に関係する。恥ずかしいという観念はなく、赤裸々で猥褻な会話が一つの四方山話だ。同じ境遇が約束する心を許す親密な関係が、赤裸々な秩序を構築していた。

第三章　将来への光輝

歩み寄ってきたジャッキーが、笑顔で語った。

「ロッキー、街へ行ってみるか」

「ジャッキー、金はあるか」

「貸してもらえれば、嬉しいよ」

二十ドル紙幣を、数枚手渡した。服装といえばたった一枚、着の身着の儘だ。衣服は、よれよれだよ。

「新しい服が、一着欲しい」

「俺も、だよ」

「着の身着の儘で、一緒になった。着替えなどが、あるはずがないよ」

「お互い様だ。その内、豊かになるさ」

ロッキーたちには、貧しさへの苦痛はなかった。二世帯とも、五十歩百歩だ。競争する理由はなかった。


街まで、数十キロの距離だ。ジャッキーもローズも、初めての街だ。

大勢の人だかりだ。ロッキーは、歓喜に沸く円陣を覗き込んだ。かまびすしい叫び声は、軍鶏同士の喧嘩に賭けた男たちの狂騒的な姿だ。

「面白そうだ」

胴元は集めた紙幣を握り締めて、勝敗の成り行きを見守って一喜一憂、一挙一動の過激な表情と、パフォーマンスが滑稽だ。

「今度は、奴だ。元気だぜ」

「あの、ちびに賭ける」

ジャッキーが、十ドル紙幣を手渡した。

「あのちびには、勝ち目はないよ」

「既成の概念か。大勢に無勢か。まあ、いいや。小数の法則と言え語彙もある」

ジャッキーは、言葉を返した。

勝敗は、最初から分かっていた。相手は大きいだけが取り柄の、鈍感な軍鶏だ。ジャッキーが賭けた、俊敏な軍鶏の闘争心は尋常ではなかった。

「凄い」

ロッキーらは、驚嘆した。

「ありがとう」

ジャッキーは、数千ドルの大金を手にした。

「勝ち逃げか」

ジャッキーはその場を後にすると、不満な声が飛び出した。敗者の論理か、ジャッキーに収斂した。

「ローズ、何がほしい。買ってやるぞ。下着か、クリームか。口紅か」

勝鶏で大金を手にした、ジャッキーは上機嫌だ。

大量の買い物を終えて歓喜の表情で外へ出て来た、ロッキーたちを待ち受けていたのは、勝鶏に大金を失った男たちの、異常な雰囲気の漂う射竦めた姿だった。

「お前たちは、何処から来たのか」

一歩踏み出した、街の男が不満を述べた。

「説明する理由があるのか」

ロッキーが返した。

「ここへ、何しに来たのか」

「見れば、分かるだろうが――」

「ゴースト・タウンの、人間か？」

「それが、どうしたのか」

ロッキーは、荒々しい言葉で返した。

「あの街は、俺たちが開墾した街だ。前の住民は、全員、出て行ってもらった」

「意味が、分からん」

「目障りだ」

「迷惑を掛けた覚えはない」

「あの街を、出た方が利口だ」

「利巧な人間は、あの街を住処に選ぶ。夢が一杯だ」

「利巧という意味を、履き違えてはいないか？」

「利巧な人間は、あの街を離れないという意味だ」

「利巧な人間は、あの街を出るという意味だ」

「お前たちに、そんな権利は無い」

「忠告だ。あの街は、俺たちが、数十年前に開墾した街だ」

「脅迫か。すでに、お前たちが捨てた街だ」

「最後の、忠告だ」

「お前たちに、忠告する資格はない」

「忠告という言葉の意味が、理解できていないらしい」

「草叢に、墓地があるのを知らないのか」

隣の男が言葉を挟んだ。

「アメリカ西部には、至る所に墓地がある。ツームストンも、その一つだ」

「OK牧場の、決闘になるぞ」

「そうかなーー」

ロッキーが、手綱を引いた。向きを変えると、家路に引いた。

「あの女は、置き引きの女ではないのか。あの黒人が、女を助けた」

「――」

ロッキーとミッチーは瞬時に見合って、動揺した。が、冷静だった。

「――」

ローズとミッチーの耳朶には、届かない様子だ。

「襲ってくるかな」
ミッチーが呟いた
「危険だよ。多勢に無勢。ここを逃げ出すか?!」
ローズが帰途、怯えた。

「今日は来るのではなかった」

ジャッキーが、自分の責任のように後悔した。

「今日や明日の問題ではないよ。捨てた家に、未練があるのだろう。いや、開墾といえ労働に没頭した人間の、苦痛や苦労への思いが忘れないのだろうよ。人間の深層心理だ。ジェラシーだ。そうだ。用事を思い出した。今夜はちょっと、帰る時間が遅くなる」

街に帰ると、ロッキーが語った。

「直ぐ帰るの？」

「直ぐ帰るよ。街を捨てればまた、放浪の旅が始まる。この街を、大事にしたい。いや、俺たちの、宝物だ。一杯の、夢がある」


数年前、一時的に住み着いた小さな町へとオートバイを進めた。

銃器店へと這入ると、ライフル銃二丁と数百発の実弾を買い求めた。

「──」

数名の面識のある男たちが、不可思議な視線を投げ掛けてきた。

「ロッキー、今度は、銀行強盗でも遣るのか。俺も、メンバーに入れろ。金が欲しい」

「お前はまだ、こんな所で、さ迷っているのか。馬鹿な奴だ！」

「おいおい、ロッキー、馬鹿な奴はないだろうが。お前はそんな、立派な人間かよ。おい皆、奴の過去を知っているか。立派どころか、無頼漢の一人だぞ」

「悪党は、お前たちではないのかな」

「どこで働いているのか。働く会社がある物だ」

「無上命法だよ」

「無上命法って一体、何だそれは。お前随分と、難しい言葉が分かるようになったものだなぁ」

将来有望な青年の一人に違いなかった。彼とはいつも競争場裏で働く間柄の、極めて親しい間柄の友達だった。有望な青年の無意味な社会での没落は、ロッキーには衝撃的な現実だった。

「日々這いずり回って悪態突いて成り合いと口業は実に惨めな稼業だぞ

社会の陋巷を隠れ蓑にのそのそと出歩く横柄な姿は街の醜態とスキャンダルだろが
陋巷な我が家に屯す徒然な時間が辿る日々の沈淪は竜頭蛇尾と命終な結末に至る
たった一度の人生を頽廃へと導く徒の火宅は生死への関東成れの果ては地獄
日々馴染みの娼婦を抱いて嬉しそうに心猿な満たす己の悲哀と時処位が楽しいのか
陋巷な街のどこに将来への喜びと夢を見出す発想と野心がお前の気概を支えるのか
日々社会の価値観に明順応する種々相は凋落への妥協と譲歩夢を削ぐ零落だ
共通な価値観を生み出す頽廃と虚無異端と醜態が共生するのは鶏鳴狗盗たちの巣窟
危険な秩序や不要式が巷間に溢れる劣悪が覆うフェークニュースな街が面白いのか
お前はこの国の競争場裏という厳粛で高遠な夢が適う論理が理解できない愚か者か
街に住み着く輩はウェルネスな志向と無縁な雑多な階層住み着く城狐社鼠の住処
憎しみや恐怖絶望や憤慨嫉妬や有象無象な博打とハイローラーは自滅への道標
博打に勝って我が家を建てた男がいるか佳話を聞かない竜頭蛇尾へと屈辱と衰退
ギャンブルってそんなに面白いのか生活資金を食い物にする業者な手口が分からぬか
日日ギャンブルに現を抜かす愚か者の病理現象は真実に疎い帰納法の侵犯者だ

お前の精神を冒読する悲しみが理解できないのか悲しみを奏でる精神は頽廃する
人を脅し射竦める脅迫のどこが楽しいどこが面白いかちょっとでも賢くなれよな
僥倖という概念を知っているかお前を幸福へ導く唯一の七福神様だぞ
鶏鳴狗盗なパッセとピアを組んでの虞犯少年との悪行の数々は確かなお前の犯罪
デラシネはデラシネなのかπの枠から飛び出す英知と勇気がないのか不可分不可不
青春の砥柱には遠大な夢が宿る一度は追い掛ける野心と価値がそこには宿るぞ
青春の面目躍如な営みは千古不易勇気知恵だ優等生のお前にはできるはずだ
社会の意に従って追従すれば悲しい試練が待つ哀れな結末を迎える悲劇枯渇憔悴
若い時分の不謹慎な営みと日々の怠慢がいかなる影響を老後に与えるか考えろよ
妥協と譲歩を繰り返す人間の宿命と運命は泥沼へと踏み込む哀れな結果と終末
逆境に抗う賢い男の覇気が適える鴻基な夢はこの国の不文律乳と蜜が咲き乱れる
無謀な荒蕪地に挑む俺の気概は神の篭絡や誑す老獪に無縁な捨戒に委ねる論理だ
沈香も焚かず屁もひらずと稀代未聞な結末は優秀なお前には不似合いだ
新鮮な器の上に腐った料理を盛る愚かなコックの姿は見掛けないぞ

そういえば藁袋に新鮮な豊御酒を満たす愚か者の話は聞いた記憶がないわ
人々は皆自分の境遇から這い出す死に物狂いな努力に没頭する本能と不文律が宿る
人々が豊かな生活を追い越す競争場裏乳と蜜への究竟な努力は本人の不文律だ
皆自分を蝕む逆境から脱皮する死に物狂いな努力の前には譲歩妥協とは疎遠だ
昨日よりか今日と夢と希望を渇望する凄絶な人間の破天荒は懸命な努力に没頭する
大きい夢が育つか否か結節点はお前の考え次第で努力次第で決まる結果と結論だ
人々は皆素晴らしい人生に憧れる捨て身な努力が日常の不文律働く働く働き蜂だ
敵愾心や羨望憎悪は苛酷な競争場裏を促す夢と希望への努力と盤石へのノルムだ
昨日も今日も幸せを願う人々が癩《かったい》の瘡恕《かさうら》みと羨望に齷齪《あくせく》と働く子供が育つ家が建つ
競争場裏が掻き立ててくるいつもの努力が甲斐甲斐しい競争場裏は富の宝庫
この子たちが生き甲斐の自分の凄絶な戦いと努力は5年後10年後に夢に託す
命懸けで立てた志ほど強い味方はないといえ教えがあるぞ独立独歩捲土重来だ
お前は常に何が最善かというパレートの結論を見出す優れた知能の持ち主だった
お前がよく使っていた言葉の中のパレート最適とは一体何かと考え直す必要がある

人々は皆最善とは何かと考えた論理の展開と熾烈な競走場裏に則って真摯に働く
皆自己の実現を願う構想に見合った方針で突き進む無条件な勤勉と労働に没頭する
努力に報いてくれる尊い帰納があるから盤根錯節という強い格率的な不文律が働く
不文律とは善良な人々を死に物狂いに仕向ける自然法や慣習法の典例と亀鑑だ
俺にも俺の方針と願望を掻き立てて来る壮大な不文律に挑む気概と讖緯が宿る
俺への帰納が俺を激励する規範は強者への敵愾心と無限な努力を促す盤石と破天荒
破天荒って誰もが遺らなかった遺れなかった未曽有な構想に挑む壮大な覇気と気概
足を洗え洗ってみろよ違った世界が視界に飛び込む出迎えてくれるぞ娘が惚れる
機会は均等だが社会条理の仕組みは苛酷しかし乳と蜜が湧く無上命法と自然法だ
人間には未知な外海へと勇敢に小舟で乗り出す決断の一つも必要な宿命が潜む
皆真剣な眼差しで夢を追い掛ける細やかな夢を追い掛ける追い掛ける喜びと楽しみ
辿り着くのはどこかの波止場用意周到に二段構えで三段構えで未来が俯瞰しろよ
お前にはいいところが一杯あっただろうが小さい野心もその一つそうそうそうだ
将来は何になるかと問い質せば胸を張って宣うお前の自信満々な姿は讃辞に値した

餓鬼大将には負けまいと張り合った過去の尊い実績はどこへ消えたのか
そういえばブティックの構想を描いて雑貨類を販売する華麗な夢はどこへ消えたか
パン製造へと限りない挑戦はお前の夢物語の一つとして構想を練ったではないか
子供の頃アルバイトで実体験した車修理業は器用なお前の花形の職業ではないかな
羨ましそうに見つめていた食堂の開店への夢を描く壮大な願望は消えたか
地糖春秋の夢に終わる悲しい自分の怠慢と不真面目な日々の営みが悲しくは無いか
俺が彷徨う間お前はどこかで成功悠々自適の生活を築く素敵な姿が度々過ったぞ
俺の自己誘発型の敵愾心がお前へのジェラシィーとして強かに俺を刺激したものだ
色々な職業には失敗はしたが意外なところに新鮮な発見が俺を育む
運命の車輪を寄り戻せよハイローラーには夢も希望も湧かない徒花だ枯れて萎れる
もう会う機会はないだろうが達者でな面識ある奴らによろしく伝えておいてくれ
そろそろ帰ろう我が家へ
俺の終の棲家よ住処よ新世界」

明日からは何が起こるか皆目見当はつかないが、未知なる外洋へと乗り出す勇気と覚悟は出来ていた。

あてに出来る人間ではないといえ事実を知っているだけに、深入りは災いを招く危険がはらむ。

「ジャッキー、起きているか。ライフル銃を、買ってきた。一丁、渡しておく」

二人が身構えて応戦すれば、俄作りの自警団の排撃は可能なはずだ。

穏やかな日々、危険な因子が見当たらない静かな農村風景は、この街の豊かな生活環境を物語る。和気藹々と言葉を返す朝の会話は四方山話が飛び出す程度、テレビもラジオもないし、娯楽と無縁な営みが社会との繋がりを拒む一つの要素だ。昼は昼で静まり返り、夜は夜で淡い明かりと嬌声は、交合を交わす男女の平和な時間を物語る。ちょっと大きい声を出せば、静まり返った夜間を伝播、全ての会話や喜びの啼き声が相手の耳朶に飛び込む至近距離は、電話の役目を果たす愉快な間柄だ。昨日の会話が全部聞こえたわよと朝一番に語り合う言葉が朝の挨拶、新たな会話を促す媒体だ。

そろそろ秋の暮れ、小麦の種蒔きの季節だ。どこからか忍び寄る、初冬の気配が播種を促す。

選別、上質な種籾を仕分ける作業が日課の家族は多忙を極めた。和気藹々と平和その物だ。二分すると、一家族数十トンに上る種籾の配分が可能だった。

種蒔きに備えて畑仕事もたけなわだ。ロッキーはロッキーで、山肌の開墾に励み耕地に畝立、整備する鍬仕事に朝から多忙を極めた。

「──」

山肌を駆け下りる、荒々しい一団が視界に飛び込んできた。ロッキーの態度が、一変した。数発の銃声が山肌に木魂す危険な時間の流れを意識するロッキーは、直ちに我が家へと舞い戻った。

鍬を玄関口に投げ捨てると家の中へと飛び込み、慌ただしくライフル銃を取り出す。

ロッキーは、街外れへと流れ込む一団へと銃口を向けた。銃口を向けると、慌ただしい動きを見せる一団へ、冷静な視線を投げ掛けた。

数発の銃声を山麓で耳にしたジャッキーは、納屋の鎧戸から外部を確認、慌ただしく家の中へと舞い戻った。

部屋の片隅に立てかけてあったライフル銃を取り上げると、数十発の弾丸の箱を手元へと置いた。

二十数名が自警団を編成、猛然と街へと襲い掛かってきた。

「この街を出るか。出る気がなければ打ち殺す。ここには、警察はいない」

先頭にいる一人の男が、射竦める様にライフル銃を持ち上げて威嚇する。

「――」

ロッキーは、彼らの出方を注意深く見守った。

「直ぐに、出て行くのだ」

「ここの住民は、新しい墓地がいるのか」

隣の男が禍々しく叫んだ。

「さっさと帰れよ。畑仕事が忙しい。お前みたいな、遊び人を相手にする時間はない」

ロッキーが叫んだ。

「――」

数発の銃弾が、ロッキーの家に向けて撃ち込んできた。

「畑は、俺たちが開墾した所有地だ」

ジャッキーが叫んだ。

「脅しではないぞ。小麦が実れば、焼き払ってやる」

「この街は、俺たちの街だ。さっさと帰れ」

自警団は、ロッキーに向けて発砲を開始した。ジャッキーの、応戦が始まった。

「――」

傍観者たちの、狼狽は甚だしい。

意外な発砲に四散し、応戦へと身構えた。簡単に射竦めれると思っていた自警の一団は、意外な抵抗にたじろいだ。

「小麦畑を焼いてみろ。何が起こるか分るか。その時は、お前たちの畑を焼き払ってやる。目には目、歯には歯だ。さっさと帰れ。賢い人間は、危険な橋は渡らないものだ」

ロッキーの狙撃が、柱の横に身構えていた男の足を撃ち抜いた。海兵隊上がりのロッキーの狙撃の腕は、部隊きっての模範生だ。

ロッキーは、水桶の横に身構えた男の腕を狙撃した。二人の男は路上へと転がり、のたうつ。

「街を、死守する準備はできている。さっさと帰れ。墓場が、恋しいのか」

居場所を変えて狙撃体制を整えた男に、一発の銃弾を浴びせ掛けた。壁の向こう側から狙撃する男への攻撃は大きな効果を齎した。

「――」

ジャッキーの狙撃に戦意を喪失、一人の男が降伏すると全員の降伏へと至った。

重症を覆った男四人を馬の尻に引き上げると、彼らは慌ただしく立ち去った。

「また、襲ってくるか分からない」

ミッチーが怯えた。

「大丈夫だ。もう、二度とは、襲ってはこないよ。この街は、すでに彼らが捨てた街だ。権利を主張しても通らないよ。まして、ライフル銃を身構えているとは、想像もしなかっただろう。怯えていたぞ」

乗り手を失った四頭の馬が、路上で針路を見失っていた。ロッキーは、歩み寄ると横木に手綱を巻き付けた。

「これで、足ができた。この馬に、ジャッキーが乗るか。俺は、こいつだ」

「二頭は、ミッチーとローズが持ち主だ。乗れるか」

「街にまた一つ、財産ができた」

ローズが語った。

「なんだか、いつの間にか、私たちの生活が充実してきた」

ミッチーが嬉しそうに言った。

「射幸心はないのだが僥倖とは、こんなものかな。俺たちは、不思議な街を作った。俺たちの過去が過去だけに、身構えて挑みかかる夢は本物だ。社会を彷徨った俺たち四人が知り合った偶然は、神の図らいなのかな。ジャッキーを拾った俺の青春も偶然だし、街で偶然知り合ったミッチーを乗せたのも偶然だった。池の傍で倒れていたローズを、看病したのも偶然だ。偶然がこんな形で息を吹き返して、生き甲斐へと発展する盤石を掴んだのも偶然だ。捲土重来というほどのものではないが、俺たちの偶然が重なり合ってできた幸運に違いはない。こんな数々のユニークな偶然が、バラバラな考え方や違った人生観を、生き方まで一つに収斂してしまうなんて、考えられない奇跡だ。過去の苦労や苦痛が賢明な、新しい自分の新世界の実現へと導いたのではないか。これからも、必死で働こう。不安や絶望に打ちひしがれても、努力すれば素晴らしい人生が構築できる実際を、俺たちは自ら学んだ。素晴らしい結婚では、鬱積する俺たちの古傷を癒した。易経に、こんな言葉が載っている。機を知る其れは神かと。物事の兆しを察知する知性の、霊妙な言葉だ。今朝、軒下でビョンビョン跳ねる元気な、一匹の蛙を発見した。朝蛙とは、吉兆を意味する目出度い語彙だ。一生懸命って、何かができると語る同義語だ。いいことが起こるぞ」

ロッキーが楽しそうな声で語った。

「それにしても、この街の住民は皆、いい顔しているよ。なぜかな？」

「そういえジャッキーだって、いい顔しているではないか。最初に出会った時とは、雲泥の差だ」

「ローズだってそうだよ。池の傍で下臥に倒れていた時の表情とは、見違えるほど聡明な顔だ」

「ミッチーだって、女性らしく輝き、素晴らしい表情だぞ。いつも幸せそうに輝いている」

「ロッキー、他人事みたいないい方は止せよ。お前だって、街で会った時に比べたら、見違えるほど精悍な表情だぞ」

「皆がいい顔しているとは、素晴らしいことだ」

ロッキーが決論を語った。

「それにしても、不思議だよ。男性諸君は開き直って逞しく振る舞うし、献身的な働きぶりだ。女性諸君は、揃いも揃って淑女的だ。そして、妙にトラブルがない。見知らぬ者同士が一緒に生活すれば、数々のトラブルが付き物だが、公序良俗そのものだ。しかし皆が、何かが心の中に一物が、蹲っている物を抱えているような感じがしないでもない。麻の中の蓬と言うけど、それが一体、何を意味するかが皆目分からない」

「そう言うローズだって、何か一つ、心腹の疾を抱え込んでいる感じがしないでもないわ」

ミッチーの突然の反撃的な言葉に、ロッキーもジャッキーも不可解な表情を見せた。

「世の中って、ボロな人間だけが無際限にのさばるのに、ここの住民は皆紳士的、淑女的だ。秩序を重んじ、礼節的だ」

ローズが平然と、性善説が跋扈する厳しい社会の結論を語った。

「昼からロッキー、何する?」

「昼からジャッキーと、向こうの山へ登って杭を切ってくる。牧場の囲いだ」

「食事にしよう。粗末だけど、その内豊かな食卓になるさ。ロッキー、今の私たちは一番貧しい時よ」

「ああ、貧し過ぎるくらい貧しい。これ以上の、貧しさはないだろう。しかし、社会を彷徨っていた時分を考えれば、今の貧しさの中には、巨大な夢が宿るぞ」


「これで間に合うかな」

荷物を積み上げるとジャッキーが言った。

「それよりロッキー、最近の女房たちが、変わってきたとは思わないか。第一、活気が宿る。自分の考え方や生き方に目覚め、立派な言葉を吐いてくる、気運が漲る。自分の意見を、堂々と主張する。生きていることへの喜びを、ひしひしと感じている感じだ。そしていかにも、妻らしい賢明な言葉の一つ一つに、驚愕する様な素養を肌に感じる。バックアップするのは我々だが、バックアップされている感じだ」

「ああ、そうかな。明日、もう一日、くるかな。不足気味だ」

「そうか、もう一日、頑張るか。終の棲家は決まるし、嬉しいよ」

ジャッキーは有頂天だ。

「偶然の成り行きだ。ジャッキーがいなければ、この街へ来る確率は極めて低かった。この街を素通りして、どこかに落ち着いていたかも知れない。いや、まだどこかを、彷徨っていた可能性が濃厚だ。考えただけでも、ぞっとする。知的なスキームがないと、職場からは相手にはされない。何もできないほど人間、悲しいものはない。社会が悪いと喚いたところで勝敗は、最初から決定済みだ。この街で、自分なりにしっかりと身構えた、考え方が必要だ。仲良くやろうぜ。心を許せる友だちは、お前だけだ。ロッキー、それよりミッチーの過去を聞いた記憶はあるか」

「いや。関心はないよ。聞く理由もないよ。ミッチーが、懸命に歌う歌詞を聞けば、大体の見当はつく。スローアウェイな環境に育ったミッチーの、過去を聞く方が、残酷ではないかな」

「ああ、そうだ。人間は皆、人にはいえない欠点や弱点を抱えて内密にする。俺も、自分の過去などは語る考え方はない。俺の過去は、過去としての極秘中の秘密だ。人の噂を受け売りする陰沙汰な、愚か者が大勢いるよ。情報の拡散は、感心しない」

「中傷誹謗を、受け売りする人間は面白いのだろうが、受ける側の人間には苦痛の一つだ。憎しみが湧き、人間関係が破綻する。相手は知らないと思って入るだろうが、受け売りする人間のレベルと、個性が分かれば誹謗する、全ての啓示を察知する知慮が働く。自分は立派な人間だと誇大評価するも結構だが、相手はすでに自分の心の中を読み取られる悲しい現実が潜む。自分が語る言葉が相手には伝わらないと思っても、知慮の働く人の俊敏な洞察と、唇の動きには誤魔かせない。夫婦関係だって、違和感が漂い始めると、収拾が付かなくなるよ。触らぬ神に、祟りなしだよ」

「ああ、そうだよ」

ロッキーは、曖昧にそう言葉を濁すと突然荷馬車から離れ、大地に向かって歌詞を歌い始めた。

「俺は自分の考え方を根底から改める劇的な挑戦への努力を怠った記憶はなかった
俺に纏わる負の払拭への賢明な処置と対応は俺の鬱積を破壊する敵対行為には意欲的
俺に纏わる一つ一つの不愉快な出来事への敵対行為への実利と合理性への心酔は意地
俺の過去への猜疑心や観察への冷徹な思いは宿命的な苦痛からの脱皮油断はなかった
俺への活路を見い出す凄絶な構想と魂が俺を励まし徘徊する自分の垣根を破壊した
人生を根底から覆す気概がなければ苛酷な過去を繰り返す悲しみが俺を未熟を苛む
生き方を根底から覆す凄絶な努力だけが俺の将来への光輝を放つ決定的な祥瑞だった
俺を誹謗する奴への反感や反撃自尊心や優越感を毀損する奴への憤慨は極めて苛酷だ
要諦を貫く俺の妙手な論理や倫理は徹底的に相手に抗う反感と反発は正義感の結集
郷里を捨てた気散じな漸進主義の鼓動は俺への鞭撻と声援鴻基が奮い起こす根幹だ
不意に蘇る郷愁を払拭する意図的な振る舞いはこの終の棲家に新たな人生への旅立ち
野心に満ちた表情が唱える将来への確かな道標は視界の全てを破壊へと導く論理が宴
社会は気ぶっせいな表情で俺を弄び誑かし篭したが俺は平然と身構えた対峙は矜持だ
罪深い社会の嵐の力学と引力に弄ばれた俺だったが自分を崇める尊厳と自尊心は秀逸

波の随をさ迷い乍も常に自分の将来を見詰める真摯な姿と豪快な発想と野心は規範的
摩天楼で過ごした日々は屈辱と絶望の中不協和音の中から雑多な人々の生き様を学ぶ
いけ図々しく将来を展望する雑多な人々の無神経が奏でる生き様は正に驚嘆と驚愕だ
いけしゃあしゃあと身構える平然と恥知らずな行動原理は俺に巨大な衝撃を与えた物
華やかそうに垣間見える内面にのた打つ傍若無人と葛藤に尊厳も気概もなく絶望的だ
罪深い立ち位置から無遠慮に発す違和感と無恥は俺に野心を掻き立てる教訓と黙示だ
俺の知情意は圧倒的な不協和音に対して不退転に挑む個人主義と競争の亀鑑を学んだ
優れた者の論理が猛威を振るう強者への憎悪と羨望が俺の劣等感を癒す根源とノルム
日々身図に忍び寄る悪夢を払い除ける機会が奇跡に近い実社会での照鑑の旅は幸運だ
陋巷で学んだ数々の観照の旅は無際限で無謀な夢を追い掛ける俺へ確かな声援と援軍
凡庶な俺が凡人から脱皮する夢と希望は乳と蜜への憧れと成功への確かな努力のみだ
捨戒の論理を盤石に己の人生を構築する努力の尊さが鏡の役割を果たす亀鑑はノルム
奇妙な運命が目標掲げてさ迷い歩く不可思議な光景は終始自分を見つめ直す鏡と範式
もうぞうと名乗る精神の混濁と荒廃が不衛生な想念を抱く必然は夜夜中の自慰と慰め

魔神が呼び掛ける悲しい青春を歩むおいお前よこちらへ来ないかと地獄からの呼び声
どこをさ迷うどこへさ迷う荒涼から荒涼へと索漠とした独りぼっちは匹如身の悲劇
さ迷い続ける俺を垣間見れば青春とは何かと自問自答すれば途方に暮れる地獄と黄泉
明日は野垂れ死にかと淵瀬の境遇の侘しい不退転な条理だけが俺を叱咤激励する剛毅
才能やスキームに疎い俺が気宇壮大な夢を追う危険な賭けと滑稽な図式こそ質実が宿る
未熟な俺が競争場裏に勝たねば最初から敗者の一員溢れ者根無し草の結末孤独と焦燥
いつまでも徘徊を繰り返す原因は自尊心と優越感と自我の強烈な俺には耐え難い敗北
俺の視界には夢がないわと喚くが捨て切れない夢を崇める発想と野望が鼓舞激励する
自分の愚かさや失敗の背景を縷々と誕妄的に語る不名誉な境遇は醜態と屈辱に等しい
ゲートウエイへと自分を導く努力がいかに大変かの実態は社会の実態を見れば分る
無様な失敗は俺の愚かさと狂簡を地域社会の人々に具体的に語る悲しい定めが待つ
俺の駑頓な末路を語るような不本意な頓挫と不遇は自らが招く溝壑は残酷な結末だ
社会条理に則って堂々と張り合う対等な機会は身分不応相な愚か者の論理が夢物語だ
脳裏を過る数々の佳和が俺に喚起を促す競争場裏への憧憬は確かな現実と自己の実現

気散じい盤石と気概が俺を激励する特質が俺の夢を掻き立てる来る天命は理想像だ
不羈奔放に振舞う闊達な俺の将来や夢をスケープゴードに仕向ける奴への反感は異常
崩れ落ちそうな自分を支える盤石は俺の主義主張と規矩準縄信念信条が気概を穿つ
俺の青春を明日へと導く死に物狂いな気概と心情奔放は自己誘導型の倫理と論理
自分の意志と手段を武器に越階的に経上がる成功が普遍自己の実現へと覇気と気概だ
どこかにあるぞあるはずと壮大な原野を物色さ迷い続けた数年間の必死な努力は尊い
巨大妄想狂が夜郎自大に身構えて荒唐無稽な夢を追う本末転倒と支離滅裂は愚か者か
一度は咲かせる花が夢ならいつまでも社会の末端で呻き悲しむ実態は哀れな末路よ
この世が天国ならば俺は蝶になり鳥となって帰って来るぞと夢を語る真実は尊い瑞光
気高さはなにか不可解な運命をさ迷う俺の堂々とした立ち位置へ差し込む一条の光
数百年の歴史を刻む廃墟に立ち止まって眺める視界は荒涼とした砂漠と不毛と無機質
数百年前西部に挑んだ開拓者たちの必死の思いが俺を破天荒な気概へと叱咤激励した」

ジャッキーに、生々しい過去が蘇ってきた。

「俺の頭脳の上に重く垂れ下がり、澱んだ空気がすっぽりと覆い被る湿っぽい空気を吸い込む度に、肺の機能が悶絶する日常は鬱憤だった。夜の陰影よりか悲しく哀れな真昼の草枕。陰鬱な俺がそっと夜空を見上げると、今日の絶望がリアールに蘇って来た。悍ましい夜よ。禍々しい夜よ。取り留めのない夜の独り言。筋力の弛んだ腕が悲痛な叫び声で呻く。悲しみと苦痛だけ陰々と、陰悪が俺の全身を包み隠し、支配する。夢も希望も失った、俺の肉体がのた打ち廻る阿鼻叫喚の地獄は阿修羅道。自問自答する絶望と挫折感、戸惑いと惑乱が錯綜する塵労は欝結だ。漆黒の闇の世界に訪れる夜の寝床は、人影はない墓地の庵室。方針と願望の夢は霊きゅう車に乗って、脳裏から墓場へと消滅する。夜の訪れと同時に、月明りを頼りに街を彷徨う青春は、不安と絶望だけが無際限に俺を襲い、社会から乖離した生活実態は、蟻地獄の中を這いずり廻る遊弋を繰り返した。俺は、人々の土足が踏みつける靴の下から空を見上げながら、のそのそとおもむろな足取りでさ迷った。自分の影を踏みながら歩く右往左往する、過酷な青春は実に悲しい事だ。街から街へと渡り歩く、流れ歩く当てのない放浪。何もかもが虚ろな世の中、神さえ俺を見限り、社会は完全に俺を見放した。時の移ろいは、極めて残酷だった。俺は社会の仕打ちに打ち勝つ夢を見てはいたがいつも、槐夢だった。聖学が社会には有益だという教化書、祈祷書、バイブルは根無し草の、俺を弄ぶ雑音に過ぎなかった。巫《かんなぎ》祈れど、御託宣に預かる訳でもない。日々一個のリュックを背負って彷徨う街、自分の不甲斐なさに滅入ってしまう日々、不安と恐怖は加速した。どうしようもない不条理なカオスが無際限に俺を苛み、苛立ち、どうしようもない人間の、やり場のない俺が直面する混沌と不安が、俺の精神を鬱積へと無際限に導いた。不可思議な運命が俺を弄び、悲しみは加速した。不羈奔放に振る舞う滑脱な俺が、挫折感と失望感と、そして焦燥に苛まれた。正義感と道徳はいつしか後退し、人の財産を盗む卑劣な行為には、違和感さえなくなった。社会の色や嵐や闇など連面から追い詰められて行き場を失った俺には成す術がなかった。空腹と飢えが、俺を襲う。畑の中に飛び込むと、果実を毟り取った。口から溢れる大量の唾液は、空腹を満たす人間の必死な姿だった。そして人様の努力が為し得た農作物を毟り取って、リュックに詰め込む行為に罪悪感さえなかった。リュック・サック一杯の夢を追い掛ける俺はしかし不可思議にも、夢への荒唐無稽な考え方は挫折することはなかった。俺には殺気立つほどの気概と執念と生き甲斐とが、磅礴する純粋な剛毅が宿った。剛毅なキャパシティーとモニュメントが歴然と潜んでいた事実は、奇跡に近い。

衆生は、俺を救えるのか。秋の月は，光明だ。俺は社会の落ち零れだが、落ち零れを意識した劣等感や敗北感はなかった。寧ろ、殺風景な社会に抗う、優越感や自尊心、矜持と信念信条主義主張が俺を鼓舞激励した。社会は怖くはなかったがその実、社会の徒な仕打ちにはいつも怯えていた。犯罪の経験のない人間には、社会は怖くはないだろうが、犯罪を働いて逃げ回る人間には、社会と警察ほど恐ろしい職業はなかった。遠くへと逃亡する老獪な手段を弁えて遠回りする無駄な努力と道標、街外れへの廃虚一軒家を根城に、雲隠れする卑屈な方針がただ一つの、身の安全だった。パトカーのサイレンが遠く近くで鳴り響けば、一目散に逃げて掛かる卑劣な、常套的なスクリプトが日常化していた。目覚める朝は、いつも山麓か教会、道芝の生い茂る路傍か、河川敷の隠れ場だ。嬉しそうに楽しそうに愉快に山河で戯れる、喋喋喃喃《ちょうちょうなんなん》な人々を羨望し、憎悪し、不甲斐ない自分の時処位に滅入ってしまう境遇に直面する日々の虚しさは、俺を浸潤する悪魔の類だった。心の中ではいつも野垂れ死といえ最悪のシナリオを描く始末だった」

ジャッキーは苛酷な運命を披露した。

「この国にないものは人間の剥製と敗北という真実を受け止める冷静沈着な気概
太陽の届かない闇へと夢を立ち上げる凄絶な行動科学は苦悩と絶望と挫折と戸惑い
青春と名乗る不確かな電車に乗った俺はどこで見出すのかいつも混沌とカオスの闇
極限へと達した俺の究極の手段は生命の温存と逆境への強かな戦いと順応の戦術だ
卑屈になれない俺が卑屈に身構えてその場限りの労働に有り付く賃金がその場を凌ぐ
明日も働きに来るかと揶揄と軽蔑に頷く悲しみと焦りの隔靴掻痒悲しい青春譜の一駒
確かな就労と言えば偶然に有り付いた農業作業数日間の重労働とイチゴの摘み取りだ
日々のピースワークがなければ約束の地への夢道の途絶える悲しい運命を辿る羽目に
スタンドバイミィーを歌って殺風景な自分の心を癒す苦肉の策が気休めと労わり同情
夜が訪れるが暗闇の中は誰もいない悲しみだけが髣髴《ほうふつ》する孤影はもうぞうを誘う心猿
婀娜めく乳房をそっと握り締めるもうぞうと裸出した股間が俺の精神を冒読する喜び
不自然な勃起が不羈奔放な疼くような深夜もうぞうが意馬心猿を求める快楽に耽る宴
癒されない心の中の深い傷を劇的に癒す高揚感が明日を展望する喜びが睡眠を穿つ

月に数回の放出は必然な俺の性が精神衛生と健康管理をもとて執り行う厳粛な営みだ
いつも青春とは何かと自分に問い質す蒟蒻問答が気休めの哲理と滑稽な絆だった
青春とは一体何かと自答自問するとどっと滂沱の涙が噴き出す極限への渓壑と黄泉
ちょっとの衝撃で精神が錯乱の不甲斐ない自分を激励する焦りと苛立ちと鬱積と自噴
青春と言え不確かな電車に乗った俺がどこで港を見出すか夢は唯混沌と視界は渕瀬
滝壺の泡の一つに等しい存在感が悲しみを掻き立てるがしかし絶望はなかった模範性
お前はいかなる手段で成功への道を歩んだかと問う掛ければ帰って来る軽蔑とほくそ笑
理想を唱える訳ではないが理想に近い未開があれば夢が実現する絶望が癒える歓喜だ
光の途絶えた視界から一条の夢を追い掛ける凄絶な努力と物色は絶望ではないはずだ
才能もスキームもない赤手空拳な俺に何ができるかと考えれば益々な野心が漲る規範
好運などは浮き世の夢物語だろうか射幸心の一つもない俺が偶然立ち寄った街に佇む
この街も西部をさ迷う俺が遠くから垣間見える佇まいに引かれてハンドルを切った街
陋巷な街へと立ち寄ってこれからどこへとの思案に暮れる耳朶に飛び込む青年の歌声
朝羽振る波の随に小舟操る人の営み人の道と何という精悍な生き様かと感嘆感激

人の生き様千種万類幸不幸は禍福無門夢への抱負は竜頭蛇尾か流れが止まる川もある
流れを止める川もある流れ着くのは三途の川か黄泉の国と悲しい結末を歌う
儚く儚い命よ夜明けの明星宵の明星運命は竹の花因果の小車野たれ死に
どこに転がるどこにあるのか迷いに迷って探し求める探索は儚く儚い挫折と絶望か
人生の喜怒哀楽を無上命法に委ねて破天荒に歌う気宇壮大な歌の調べの虜になった
ジャッキーと名乗る青年との邂逅
俺の脆弱な一面をそっと癒すジャッキーの強烈な個性の虜になった
ある意味では性状奔放なそして温藉清冽な俺の弱点と欠点を癒す覇気と破天荒と気概
ジャッキーの歌声は俺に勇気と将来を約束する盤石の基礎を備え持っていた
開物成務という無上命法とレジリエンスを唱える魅力的な歌詞と執念は餓鬼偏執だ
ジャッキーに視線を送ると無際限なカセクシスを掻き立ててくる気概は正に原子炉だ
痩せこけた全身に漲る無限なエネルギーと讖緯は未来を頑なに志向する源泉になった
何と凄い奴なのか正視すれば驚嘆と恐怖の鳥肌が立つ異質な痩せ身とその覇気と気概
どこの馬の骨かは知らないが俺を無遠慮に虜にする言質は深い見識と知慮を物語る

友だちになろうと安心してお付き合いのできる一人の青年が殺風景な俺を引き付けた

世の中にはいろいろな箴言が人々を導くが一人の青年の人生を変える名言は知らない

俺は幸運な男よ

ここが俺の終の棲家居場所の一つだ」

過疎の小さい街に辿り着くと泰然と身構えて、余裕綽々と街を見守る青年と邂逅した。旅行者のような出で立ちで、オートバイに跨って旅の疲れを癒す青年への便乗は絶好の機会だった。より遠くへと逃亡するそれが確かな一歩は、安全への絶対の条件だった。遠くの街へと逃亡が出来る可能性が大きい便乗を、見逃す不手際は最悪だ。俺の心の中は、死に物狂いな思いに絡まれていた。俺はそれとはなしに、そっと行き先を尋ねた。卑屈になる行為が極端に嫌いな俺は、最高の言葉遣いでそっと尋ねると彼は、この街へと偶然立ち寄った溢れ者だった。彼には、自分の置かれた立場を悪びれずに正直に、溢れ者と揶揄する余裕と器があった。言葉の中に俺は、信頼できる人間の根幹を推察した。彼は、俺のような悲惨な逆境を彷徨う人間ではなかった。第一印象は、非常に糞真面目な青年の印象だった。どこへ行くのかと、意図的に尋ねると意外な返事が返ってきた。乗せてもらえないかと、謙虚な姿勢で尋ねると、承諾して貰った。それが揶揄的な言語を発する青年の、真摯な姿だと考えた。俺は意外な、素晴らしい返事に歓喜した。その青年が、カナール・ロッキーだ。ゴースト・タウンへ辿り着いた時、俺を置きざりにする不安に恐怖に狼狽したが、ロッキーがミッチーを乗せて帰って来た時は、彼の逃亡を疑ってかかった視野狭窄な自分の僻み根性は情けなかった。信頼できる人間さえ疑ってかかる猜疑心の強烈な性善説の侵犯を受けていたのだ。ロッキーが俺の傍にいてくれれば、俺の猜疑心や姑息の手段が癒えて行く幸運な環境は、終の棲家に相応だ。俺の標榜、無上命法が一歩前進した喜びは大きい成果だ。ロッキーが、オートバイに飛び乗って逃亡する事態は恐怖だが、俺の終の棲家だといえ返事が嬉しい。お前に乗せてもらわなければ、今どこをさ迷う根無し草か、皆目見当もつかないよ。

そうだ。お前と出会えなかったら俺の、無上命法なる論理は永遠に藻屑として社会で朽ち果てていたかもしれない。

そう思い出すように叫んだジャッキーが、社会に向かって荒々しく言葉で心の中を暴露した。

「この罪深い俺の頭の中に過るものは人間が体験する過酷な真共への対応と無上命法成功へと自らを導く頭脳に疎い人間の無作法は明らかに齢と伴に朽ち果てる孤影焦燥毅然と身構えた凄絶な戦いと反骨を物語るこの言葉は俺に夢と希望を約束した英雄社会は完全に俺を見捨てたが絶望を癒し不安を癒し俺を励ます原動力が潜む原点だ破壊的な社会の不条理へと立ち開く厳粛なこの言葉は毅然としたその時処位は黄金この言葉は俺に戦うことと忍ぶことと努力することと働く事と成功へと導く金科玉条無作法な男たちは日々が無遠慮で無秩序で生き様への抱負は第三の曖昧模糊に委ねるロッキーとの闘いが無謀でも彼に挑む気概が俺を明日へと導く無上命法の傑作と本望絶え間ない夢と希望に苛まれた俺が登竜門へと経上がる魂胆は罪科の払拭と夢の願望功罪相補うという言語が脳裏を過るがパトカーに脅える俺が海容への期待はゼロだ社会に対して無関心が気散じな不死鳥のように気概と気迫で手にする声望は必然だ

優れた者への論理に刃向かう強者への強かな闘争心は俺の劣等感と羨望を癒す根幹
俺を誹謗する奴へ反感と反撃自尊心と優越感を毀損する奴への憤慨は無限なノルム
東風吹けば東風に逆らい偏西風に逆らう社会への風当たりは正々堂々と正義の論理
俺は痩せこけた剝き出しの筋肉の上にシャツを着るが無上命法が外部へと飛び出す
社会人に問う肯定的哲学用語無上命法と名乗る哲理を理解しているか否かと・・・
知らないとなれは無上命法と名乗る理論が永遠に藻屑となって社会で朽ち果てるぞ
知らないだとそんな馬鹿な人生に不可欠なこの貴重な哲理も知らないのか愚か者よ
お前たちは本当に人生に不可欠なこの哲理を知らないという自慢できるのかよ
人生における幸運と成功への関係する尊い習慣と基礎を築くのは青年時代と無上命法
十指が自分の名誉や矜持を懸けて繰り広げる弦の旋律はそれを拝めた男たちの力量だ
皮を引けは身が上がり筋書き通りに行けば占子の兎懸命な努力は表裏一体自己の実現
人生は俺次第お前次第の賭けと営々な努力と確かな日々が叶える成功への一里塚か
四、五年に亘って社会を彷徨う根無し草の俺が心酔の生き方への一つの哲理哲学論だ
志操を抱けと尊厳なこの語彙を忘れないそこには青春の情熱と気概の奨励が宿るはず

乳と蜜の溢れる約束の国民ならば競争条理に則って野心的な青年に豹変しろよと奨励
お前たちはこの国家の社会条理と黄金律を厳粛な知慮で獲得する絶対的手段に無頓着
野心的な青年への変貌がいかなる意味が潜むかと考えればそこに膨大な乳と夢が潜む
哲学的肯定とは全ての怠慢な論理や無為無策な倫理を完全に破壊へ導く終局の哲理
これほど人間の覇気と気概と豪胆な生き方を掻き立てる厳粛と尊厳の哲理はないぞな
淵と瀬に澱む混濁の青春を恐怖に導く悪魔を軽快に退ける際立つ人生の伴侶と模範だ
社会の実際を見極め一握りの人間の階層へと仲間に成れる資質と進歩とは幸運な機会
夢物語への気概は苛酷な試練と努力の尊さを学ぶ絶好の機会として台頭する高運と幸
スリーアルスに疎い教育に無縁な群衆の犇めく社会の不協和音は夢を奏でる音律だ
庶民の野心への行動科学と渓壑が幻想に終わる悲しい物語の主人公は願い下げだ
ロッキーとの闘いは互角か否か熾烈に競い合う雌雄は自己誘導型の無上命法競走場裏
地塘春秋の夢の崩壊には愚か者は怠慢根幹が無知蒙昧な日々を語る悲しい悲劇の物語
俺は過去の特殊な事情から成功へと導く自己誘導型の一般理論をこの哲学から学んだ
俺を導き俺を励ます青春とは何かと人生とはと語り掛けてくる論理は俺の生き字引

無上命法の蕾は咲くのか否か俺の意気込みと発想の転換独創的着想的不可能への打破
発想とは既成の概念と秩序をでんぐり返す画期的な探求心と原点が凝縮した登竜門だ
着想とは俺が歩む道に沿って夢を追い掛ける人間の実践道徳への行動科学いかがかな
努力に励め仕事に励め日が昇るぞ夜が明けるぞ今日も草莽怱忙役牛との畑仕事の究極
朝朝暮暮へと黎明から夕間暮れへと過酷な十八時間に亙る源泉は過去の払拭と名声だ
小麦に大豆にトウモロコシの種を撒くか爽快な秋の暮れか冬の初めか季節に伺うぞ
夢の様な出来事俺は階段駆け上がる社会の荒波這い上がる今日もまた潔く可能へ挑む
東風吹けば二月の古株豊穣を願う農民の嬉しい楽しいたわわに実る麦秋は穀菽の豊穣
収穫終われば万々歳無辺天地の穀倉地帯を仰ぎ見る感謝へ酌み交わす豊御酒で乾杯だ
成功への頑なな思いが一途な成功へと歩む漸進主義な足取りは百尺竿頭だ
終の棲家よ我が家も出来た夢のような出来事よ為せは成るなる夢への抱負

ああローズよお前の亭主は多少は成長したかなまだかなまだまだかなまだまだまだか
初夜に垂れ下がった逸物の不始末は俺の不注意と失態ローズ御免俺恥ずかしかったよ

ローズお前という女性は賢い不羈奔放な理解しての無遠慮な誼への献身は衝撃的だ
しかしそっと体を起こして科を作って亀頭へ唇を誘う衝撃的な行動原理は情熱と性愛
来春はお前を抱いて畑の中を駆けずり回る楽しみが湧くぞ視界の麦生は五穀豊穣だ
いつか二人で踊りたい物だジャズ音楽アイム・ビギニング・トゥ・シー・ザ・ライト
その時は狂わんばかりに激しく官能的に無遠慮に無作法に自分たちの喜びを踊ろう
ああ新しい家が欲しい新車も欲しいテレビもだその時は体が沈むようなベッドもいる
DO ONE BEST 下手の横好き俺の異次元、今日もまた、頑張る」

「——」

とロッキーは振り返った。無言だ。

気概の籠った歌詞を度々歌うジャッキーから、彼の過去を憶測すれば大概が理解できた。ジャッキーの過去をいちいち詮索する方が間違いだろうと考えた。無関係に振る舞うのが、理想的な人付き合いの仕方かもしれなかった。一部終始を理解したところで利益はない。暗い闇夜を彷徨い続けたジャッキーの青春の、それなりの関わり合いは最終的には、悲しい結末を招かないとも限らなかった。この世の中には、街に溶け込んで安易に生活する犯罪者は少なくはない。ロッキーは、ジャッキーの過去を知らない。知る必要もなかった。

薄暗い山道を降りて来ると、家族の出迎えを受けた。荷物をその儘に放置すると、我が家へと急いだ。

途中立ち止まって、飼い葉を与える作業には抜かりはなかった。

「腹が、大分出て来た感じだ」

「楽しみだ」

玄関口で振り返ると二人は別れの挨拶、朝から晩まで笑顔に包まれた二人の関係は兄弟のような趣きあった。

「飼い葉をやる楽しみが湧いてきた。仔牛が生まれるのは、いつ頃かな。日替わりで、飼い葉を遣ることにしたのよ」

「そうか。結構なことだ。おう、魚料理か。凄いものだ」

ロッキーが喜んだ。

「池で釣り上げたの。山菜を、料理した。美味しいかな」

「ありがたいな。明かりの中へ、帰ってくる喜びって最高だ。ああ、我が家だと。そこには、ミッチーがいる。こんな生活が訪れるとは考えたこともなかった」

「お風呂も沸いている。池からの水汲みは大変だった」

「重労働だな、ミッチー」

ロッキーの目頭が潤んでいた。

「どうしたの？」

「幸せって、こんな時間の流れの中にある、スクリプトな生活秩序だよ」

ロッキーの言葉に、ミッチーの目頭が潤んだ。

「ミッキー、食事は終わったの？　食べる？　タコスを作ったのよ」

ローズがドアーを無遠慮に開けると大きい、声がした。

「料理、得意なのね。頂くわ。話して、帰ったら。いつもゆっくりと、話する機会がないもの」

「早く帰って来いよだって。ジェラシーよ。私が傍にいなくては、寂しいのよ。最近のジャッキーが変貌してきた。これまでのジャッキーは脆弱な一面があって、非難や誹謗に対応する能力が忌諱的だった。陰沙汰にも、怯えるような脆弱な一面があった。最近のジャッキーは、精神的にも肉体的にも、精悍そのものよ。平然と身構えた泰然とするその姿は、頼もしく威厳的な物を肌で感じる。人間って、こんなに環境に支配されるものかな。自分の時処位での、人間関係の豊かさとお仕事が感性を磨き上げるのでしょう。そう、第一キャパシティーが違う。モチベーションが違う。発想が違う。着想が違う。論理観が社会に向かって志操を叫んでいる。冷静沈着な言動や行動は、一人の人間の水準を超えている。ジャッキーが、万感込めて歌う歌詞が物語っている。自分の姿を曝け出して歌う歌詞は、自分の弱点を克服した人間の真摯な姿だと思う。私への接触の仕方も変幻自在、そのものよ。お昼はお昼で、夜は夜で、労働で鍛えた二の腕が抱き締める雁字搦めな体位に、私は興奮の坩堝。体位だって、いろいろあるのよねぇ。だって、妻を抱くといえ情熱的な性愛がなければ、夫婦間の誼は男性の性欲の吐け口に過ぎない、違和感が宿る。しかし、ジャッキーを愛する私に宿る不屈の精神は、驚嘆に値する意外な一面がある。自分に対する懸命な努力の賜物が、ユニークな人生を構築するのよ。これからも、頑張らなくちゃ」

「私もそんな考え方よ」

「小麦の発酵は、抑えなければならない。種蒔きに備えての十分な乾燥、種籾の準備を怠ってはいけない」

「ミッチーとの、二人のお仕事ね。分かった」

「いつの小麦か、見当は付かないが、発芽すると思う」

「楽しみね」

「私たちの将来への、夢が懸かっている」

第四章　心腹の疾それぞれの罪

二家族が揃って、小麦の種蒔きを終えたのは秋の暮れ、初冬の冷たい風を肌に感じる九月の末だった。

冷たい風を受けて撒いた種蒔きを終えて、一か月の時間が流れた。

素晴らしい時雨に恵まれた大地に視線を送ると、一面が怱々と芽吹く麦生の新芽が山麓から、丘陵へと続いていた。峠へと上ると緩やかな曲線を描く山波が、ゆっくりと谷あいへと延びるダイナミズムに丘陵は、緑一色の色彩に覆われていた。

「素晴らしい、眺めだ」

朝から、ジャッキーの家で寛ぐロッキーが、山肌へと視線を送る。

「発芽が順調だ。豊作が、期待できる」

「そうありたいものだ」

ロッキーとジャッキーは、揃って山麓へと歩き出した。小降の雨の中を、山麓へと向かう。二度三度と土を掘り起こした岩だらけの、ぎょう埆からも逞しく発芽する小麦の初々しい成長ぶりに、彼らは見合って満足した。

街へ舞い戻ると、数台の車両が停車していた。

「いいお天気だ」

愛想よい数人の、男たちが歩み寄って来た。確かに、小麦の成長には最高のお天気だ。

「素晴らしい農園だ。これだけの農園は、州内には少ないな」

一人の男が小麦畑を振り返った。

「ところで、どうだろうか。この畑の小麦を、買い付けたいと思って遣って来た」

「まだ、発芽したばっかりだぜ」

ロッキーが驚いて、不満を語った。

「そういえは、そうだが。旱魃もある。様々な自然条件が絡むと、収穫は激変する。半年先の結果次第で、莫大な損得が発生する。平年並みと考えた場合での商談だが、七万ドルで契約しないか。旱魃になれば、相場は高騰する。豊作であれば、損得なしだ。刈入れは、機械を派遣する。どうかな。一種の博打だが、乗せて、みないか。この商談に」

「考えておくよ」

ロッキーが語った。

「先物取引だな」

ジャッキーが尋ねた。

「多少の危険はあるが、平年並みなら双方に損得なしだ。旱魃ならば、私は莫大な利益にあずかる。旱魃で、莫大な利益をはじき出した、農家がいることは事実だ」

「だろうな。穀物の相場を張った経験がないだけに、この小麦に、どれほどの価値があるかは正直、見当がつかない」

「そうか。その内、相場が分かるようになる。お天気次第で、高騰も考えられるということだ」

「農家は皆、相場を張るのか」

ジャッキーが聞いた。

「十人十色だ。相場には、喜怒哀楽が付きものだ。富を手にする絶好の機会は、お天気様次第だ。鯖の色には、＋と－がある」

鯖を読むという考え方の背後には、プラスとマイナスの考え方があるという予測的な論理だ。

「また、来るよ。考えておいてくれ。業者が頻繁に訪れると思うが、私たちの相場は妥当だ」

と、業者は、交互に視線を送ると家路に就いた。

二人の協力で切り取った材木は囲いの範囲を広げ、左右に小麦の発芽を眺めながら作業に没頭した。

「ロッキー、どうするか」

「小麦はまだ、発芽したばっかりだぞ。他の業者との接触も大事だ」

ロッキーは懸命な言葉を吐いた。

「そうだな。要物契約は、それからだな」


十月の半ば、牛を放牧する牧場が完成した。子牛が走る牧場は、考えただけでもわくわくする、喜びが湧いてくる。

牛舎から跳ねなから飛び出す親牛が、牧場を走る光景は愉快だ。カゥーボーイ姿が身についてきた。牛を追いながら眺める、麦の成長は感動だ。

いつの間にか男は男、女は女の仕事への分担が決まり、ミッチーとローズはそれぞれの手作業を責任もって消化していく農作業の、付帯作業は路傍の除草に始まって堆肥の生産と山麓を打ち守る日々、ロッキーとジャッキーの重労働を陰で支える重要な役割を背負って奮闘し、先行的な推進は効率的な作業を約束する縁の下の力持ちだった。

「生きることがこんなに楽しいとは、思ったことがなかった。日々、健康的な気持ちで生活することが、いかに大事かの実際をこの手で鷲掴みした。私は、劣等感の塊だった。しかし、自分の劣等感が、自分を苦しめた原因だとは考えなかった。劣等感を曝け出して社会で生きる人間って、視野狭窄な人間だとは思わない。そこには、巨大な優越感と自尊心が潜在している。なぜならば、劣等感の中に潜む膨大な量の、夢と希望が潜む真実と事実を、真剣に考えて哲学する人間は少ないと思う」

ミッチーが持論を語った。

「人間って皆、自己中心主義者よ。ロッキーだって、そうでしょう」

ローズが言葉を挟んだ。

「そうかな。そうかもしれないな。そうそう、あの離れた場所の民家へ、行ったことがあるのかな」

ロッキーは、そっと話題を変えた。

「大きい家ではないけれど、何かが残っている可能性は否定できない。しかし、一番草臥れた、廃墟一軒家だね」

廃墟一軒家と語った瞬間、ローズの脳裏に悲しい過去が蘇った。ローズは、自分が無意識に語った言葉に戦慄した。ローズはその瞬間、恐怖に満ちた、悍ましい体験に眩暈を感じた。

「どうしたのか?!」

「いやーー」

ローズは慌ただしく否定し、過去の苛酷な運命を否定した。

「ジャッキーも行ったとは、聞いていない」

ローズは気を取り戻すと、言った。

「ジャッキー、ローズが我々の、プライバシーに口出しするよ」

「ああ、ローズは、自分の過去を完全に忘却した善良な市民だ。彼女の頭の中には、過去への柵はないようだ。それはそれでいいとは思うけど、新しく芽生えた対人への新たな競争場裏が、そんな態度をとるのだと思うよ。幸せな家庭環境に潤うローズの、人間の本能が頭を擡げてきたのだろう。忠告しておくよ」

「何を、書いているのか」

「自由律詩だ」

玄関口に椅子を取り出したジャッキーが鉛筆を片手に、板を机代わりに膝の上に乗せると余暇を楽しむ様に、自分の歩んで来た数々の悲劇や試練を詠偶に詠んでいた。

IT'S MY STYLE　下手の横好き草萌ゆる
悲しいかな四望混沌海が青い覇気が青い今日も頑張る

紆余曲折な手暗間暗なうつろいしどろもどろな試練の数々
昨日があった明後日があった今日がある明日がある試練の数々春夏秋冬
塩が噴き出す二の腕の大地との闘い真の舞い
麻の中の蓬よ汗握る日々の死闘過酷なジャムの旋律
いい人に生まれ変わる死に物狂いな努力の数々の尊さ自然法
社会を呻吟う青春の生き様千種万類混沌と彷徨と野垂れ死にか行き倒れ
蝶々舞う十字架植物我が家の庭の菜の花畑

「愚公、山に移すか。いろいろあったなあ。ワハハハ」

ジャッキーは、満足そうに言った。

意識的に使った言葉に、ジャッキーは苦笑した。麻の中の蓬よという、街の善人たちに囲まれたユニークな生活を楽しむ彼の心の中には悪魔が住み着き、汗を握る日々を苦痛と訴えて、死線を彷徨うベッドの中ではらはらしながら生活する自分の苦痛が表層する一句は、決して癒える機会のない、心の中に蹲る心腹の疾を語っていた。

「農機具の展示販売が、ジョン・バレー・シティーで開催される。遊びがてらに、見学に行くか。往復四百五十数キロ、一日掛かりだ」

ジョン・バレー・シティーは、ロッキーがライフル銃を買い求めた街の一つだ。

「欲しい物ばっかりだぜ」

「七万ドルあればーーー」

「唐鋤や手作業には、限界がある」

「一台、中古でも数万ドルはするぞ」

「資金を出しあうか」

「個人的な利益には、限界がある」

「ジャッキー、学校の建設も急務の課題だ」

「入植者が増えれば、街の人口も増える。そろそろ、街の将来を考えておく必要がある」

「自動車が欲しい。テレビが欲しい。俺たちは、社会から乖離している」

「一家が自動車に乗って、どこかへ遊びに行く楽しみが必要だ」

「有頂天になる前に、一つの哲学が必要だ。もう、人生を狂わしたくはない」

「結構な、倫理だ」

ジャッキーは、澄み切った空を見上げると、ぽつんといった。

ロッキーとジャッキーの考え方の違いが、顔を出した。

ある日、ピアノを演奏する軽快なジャズの旋律が静寂な街を駆け抜けた。

一瞬で、人々を虜にするような軽快なピアノの演奏の波に乗った、ジャズ音楽が次の瞬間、軽快な手拍子で始まるシンプルなイントロが、官能的な旋律に始まった。

ロッキーとミッチーは家を飛び出すと、ピアノの旋律が流れる方角へ向かって一目散に走った。

「ジャッキー」

ドアーを押し開けると、ジャッキーがピアノの前で演奏に没頭していた。その仕草は、ジャズ・ピアニストの趣があった。

「ジャッキーお前、ピアノが弾けるのか。何というジャズ音楽だ」

「アイム・ビギニング・トー・シーザ・ライト。挫折と絶望に打ち拉がれた青年の物語だ。

やり場のない挫折と絶望感と孤独に戸惑う一人の青年に、突然語り掛けてきた、見知らぬ娘から、恋と愛の在り方を学んだ武骨な青年が、夢と希望を適えていく経緯を赤裸々に歌った、感動的なジャズ音楽だ。公序良俗な社会に溶け込む道理と規範を意図的に拒む侃諤《かんがく》の、暴戻的な理由で拒み続ける反逆的な青年が純粋な愛と性を体験し、自己誘導型の競争条理に目覚め、公序良俗な社会の中に溶け込んでいく様子がダイナミズムな、アメリカンドリームの旋律だ。砥柱がなければ絶望と不安の真っ只中、死に物狂いな戦いが挫折へと発展する苦しみも限界の、解決する糸口へと捨て身な努力が叶えた成果は大きい。殺風景な俺は、飼い葉を刈り取るローズとの普遍的な会話の中から突然、恋を学び、愛と性の世界へと足を踏み込むチャンスを頂いた。ローズの豊かな胸の膨らみは、俺の悲しく哀れなもうぞうを破壊した。雑草が奏でる殺風景な音は俺へのDの和音だった。悲劇的な境遇の中から飛び出す、尊い情熱と希望に頂いた。武者震いするような、身に沁るような感動をもらった。瞬間俺はローズに、物の哀れな愛と性を素直に感じた。ローズの奏でるDの和音が、俺を引き付ける全知全能だった。溢れ者のロッキーからは、性善説の侵犯を受けた俺の不条理な考え方が悔悛する無上な動機と、社会の煩雑な仕組みを真剣に考えるチャンスを頂いた。

不可解な職場や穢れたどす黒い社会からの脱皮は真実、不可能に等しい。暗闇の世界から這い出し死線を越えた俺は、懸命に日々を送る自分の最善な青春に驚嘆、満足しながら平穏に生きている自分の喜びや安らぎ、潤いが分かってきた。いつも自分の悲しみを歌う、自由律詩は時折、俺を激励する趣味と実益だ。蝶舞う十字架植物我が家の庭の花畑と日々のスクリプトな時間、俺の心境を歌う純粋無垢な喜びは感動だ。悲しい哉四望混沌海が青い覇気が青いと今日も頑張ると、明日も讖緯を展望して懸命な耕稼に頑張ると、草莽が豊饒な大地へ豹変する場景を歌った詠偶だ。塩の吹き出す二の腕大地との闘い真の舞いとは、役牛の手綱を操る藤四郎な俺が、O・J・Tで学んだ実践で耕作に励み、草叢を豊かな実りの農地に変えた努力の数々を、リアリティーに歌った感動作だ。紆余曲折な、手暗間暗な空いとしどろもどろな闘いと試練の数々は、優柔不断に社会を彷徨い歩いた不甲斐ない俺の、悲しみや絶望感を乗り越えて辿り着いた巨大な港への熱い思いを歌った傑作だ。社会を呻吟う青春の生きざまは千種万類混沌とさ迷い、野垂れ死にか行き倒れかと、極限を歩む俺の貧苦、苦境、呻き、喘ぎ、悩み、錯乱、戸惑い、蟠り、暗く浮かばれない、俺の闇の世界を呻吟し、短い歌に託したのだ。俺は薄幸な絶望の中で、いつもこのような旋律をハミングしながら、街から街へと悲劇的な青春を送っていた、悲しい時は時で、辛い時は時で、腹の立つ時は時で、このジャズ音楽をハミングしながら逆境に抗って、自分を励ます習性は強烈な生存本能、荘厳な讃美歌を奏でるピアノの響きに等しかった。ただ漠然と月明かりに向かってジャズ音楽を歌うと、勇気と夢が湧いてきた。野望がないと、野心や知恵は湧かない。知恵があれば野心が湧くと言う帰納法的な考えだ。渕瀬を嘆いた所で、巨大な社会の営みは何も変わらない。絶望に萎れる俺を癒す、最善の手段は自慰だった。自慰とこのジャズ音楽がなければ、雪崩のように俺は社会の一角で崩れていただろうと思う。自慰という第一義的な異端と意義は、青春の絶望感や挫折感や悲しみや虚しさを、根底から癒し慰める本能と習慣、夢と希望を約束する明日への蘇活剤だった。自慰は俺の、青春の不文律だった。ジャズ音楽は、俺のたった一つの伴侶と相即不利な纏綿だった。俺の絶望を励まし、そして挫折感を癒し、そして同情的だった。このジャズ音楽が街角で流れていると足を止め、じっと耳を澄まして聞いたものだ。このジャズ音楽の、旋律と歌詞は俺の青春だ。俺は、店先に据えたピアノを借りて、このジャズ音楽の演奏方法を学んだ」

「ああ、空っぽなリュックに、一杯の夢が詰まるさ。日々、何かが充実していく実感が湧く仕事は無性に楽しい。嬉しさって、自分が作る行為に始まる感動だ。小麦が発芽すれば、麦秋が楽しみだ。そして今度は、収穫が楽しみだ。買い手との交渉がまた、楽しみだ。努力しておけば、リュック一杯の夢は不可能ではない。この世の中には、絶望という悲しい現実はない。絶望を作るのは、自分の脆弱さだ。生きて行く過程で何が、楽しいかが分れば絶望は見当たらない」

「未熟な俺は日々、ベストを尽くす気概と破天荒な考え方は情熱的だったがいつも挫折、転がるばっかりで立ち上がっての喜びはなかった。懸命に働けば構想が実現へと変わるという、普遍的な概念は言葉の綾に過ぎなかった。気概があれば、信念があれば、怖いものはない。今日も彷徨う街から街へと口ずさむ悲劇的な歌詞は、悲しい旋律を奏でるだけで、活路を見出す機会は全然見当たらなかった。しかし偶然に、ロッキーと邂逅した瞬間、俺の人生に異変が起きた。街外れからロッキーに乗せてもらった高運な出来事と偶然が、俺を豊かな将来を約束する盤石の基礎となった。ベストを尽くす日々の努力が、確かな旋律に乗って充実して行く時間の流れは歓喜だ。夢は、実践道徳が適える終局の手段だ。もう一息で夢が適う麦秋への経緯は、努力の賜物だ。想像もしなかった巨大な夢の一環が、視界に飛び込む感慨無量な感動は、胸が詰まる思いがするだろう。社会は俺を無下に見下し罵ったが俺は、社会の迫害と過酷な無視に打ち勝った。懸命な努力の結果、掛け替えのない夢の実現へ成功を収めた喜びは嬉しい」

縷々と語るジャッキーの言葉には、周辺を圧倒する説得力が漲っていた。

「素晴らしい結果と成果を為し得た努力の数々は、将来への確かなノルムだ。ローズへの愛と、プレゼントか。ミッチー、何かあったか」

「何もないよ」

ローズが叫ぶような口調で答えた。

「何もないって?! 誰だ、ピアノだけを置き去りに、逃げ出した奴は?」

ロッキーが叫んだ。

「俺は、社会の迫害と無視に打ち勝った!? 素晴らしい、結果と成果だ。日々の浸潤な虐めが傷口を広げる、広がるが痛みが癒える時間がない苦しみと悲しみが、俺の青春を覆い尽くした。悲しみを乗り越える不屈の精神は、青春の全てを賭けた凄絶な戦いの連続だった。社会の曲がり者が拒む情実を退けての、真摯な青春像は驚嘆と敬意に値する。胸に迫る熱い必死な思いは、言葉にはならない。ジャッキーの、そんな深層心理は最高だろう。確かにここは、融通無碍な街だ。ジャッキーも知っている通り、社会って我々が考えているほど甘くはない。糞真面目な人間だけが、損をする仕組みだ。実にあくどく、汚く、腹の黒い、老獪な、小賢しい、始末の悪い鶏鳴狗盗が跳梁跋扈する伏魔殿。理不尽な論理を唱えて蠢動する社会は、確かに魑《ち》魅《み》魍魎《もうりょう》の世界。日々、無遠慮な魔神が襲う。油断すれば一瞬に、足元を掬われる情実な陋巷が視界を覆う。海容なんていう潔く協調的な利他な語彙は、嘘八百な詭弁と張ったりよ。四六時中、情実な嵐が吹き荒れる。この世の中が天国ならば来世からは、虫にも鳥にもなって、是非とも帰って来たいといえ歌の趣旨、それは非現実の世界だ。人間はね皆、自分の都合で相手に容赦ない冷評を浴びせて肯綮を銜き、自分の学歴や経歴で相手を見縊り、自分の置かれた立場や境遇で相手を一方的に冷罵し、相手の卑しい職業や所得を見下してほくそ笑む野郎がのさばる。人を侮蔑し、揶揄し、性善説に乗っ取って、悪口や中傷誹謗を繰り返す卑怯暴戻な奴ばっかりよ。猜疑心や猜忌心は、人を疑ってかかる汚い人間の性善説、性悪説だが、羞悪心は自分の欠点や弱点、悲しい境遇や逆境、劣等感を癒す手段の一環として、相手を徹底的に罵り、一斑全豹的に中傷誹謗、把羅剔抉《はらてっけつ》する卑怯暴戻な行為に喜びと満足感を見出す常套的な語彙だ。世の中には癪の瘡怨みを隠してあくせくと働いて、夢の実現を図る賢い人間もいるが、自分の弱点を盾に相手を中傷誹謗する愚か者の姿が目立つ。誉はまた、誇りの元という言葉もある。どいつもこいつもこの世の中、自分ほど立派な人格者や教養を備え持った人間はいないという面してさ、面の皮は千枚張り、情け容赦なく悪態を突いてくる碌でなしだ。尾びれ背びれを付けて詭弁を吐いて、人々を弄ぶ奴らには腹が立つ。あのふすべ顔を、見れば分かる。優秀な人間への羨望、劣等感、僻み妬みの克服は、悪口に変質する。人々は、人さまの幸せや成功が、嫌いな習性が宿る。自分より上の人間を、毛嫌いする。隣の、糂粏味噌だ。私は、一見識の持ち主よと言わんばっかりに開き直ってのさばる奴には虫唾が走る。人は笑う、人が笑う、人を笑う、笑われ者が、人を笑う、社会のきてれつ。あしなえはあしなえであしなえを笑いとばし、自分の弱点や欠点をいやす、卑劣な優越感を見い出す羞悪心と論鋒、一方的にけなす病理現象は競走社会の道理、常識だ。貧乏人が貧乏人を笑い、貧乏人が凡百のプチブルを笑う。優秀な人物への、悪態は無限だ。凡百の市民は、半端者の日常を笑い、市民は市民で老獪に、自分に不都合な人間を笑い者に仕向ける、老獪な処世術がのさばる。病院に行けば看護師は、患者を笑い者にする非常識が罷り通る。浮き世とは、始末の悪い習慣が蔓延る、陋巷よ。私が、社会で学んだ実践は学歴だ。そして、私はこのゴースト・タウンで、人間らしい生き方を学んだ。ここは、純粋な人間たちの世界が、脈々と息づく天国だ。この忍耐の向こう側に、笑顔で歩く私の道があると思っていた。一人では何もできないが、二人ならできる夢があるのだ。私は、ロッキーと二人で夢と幸せを追い掛ける。私はもう、過去へとは戻らない。ロッキーと二人で素晴らしい家庭を築く考えだ」

ミッチーは突然、赤裸々な社会の一面を披陳的に語った。ロッキーたちは、大きく頷いた。

「ジャッキー、素晴らしいジャズ演奏、ありがとう」

ロッキーがそう感謝を伝えると突然、路上へと飛び出した。

ロッキーの体内に潜在するさまざまな熱い思いが一瞬に、爆発した。実りの麦秋は、もう直ぐだ。

「開墾への日々の足音と旋律がDの和音と畝立への邁進は夢を形に変える最初の一歩

社会から遊離の草がおおう草莽の耕鋤耕殖に本当に自分の夢活路を見出す試練と歓喜
多様な機会が待つ都会への憧れと活路な選択肢として妥当な俺のハロー効果だ
都会へととび出す過激な行動範囲が真摯な活路と風化か影の舞に終る実態は悲劇だ
影を搏つ行為は努力の未熟と怠慢を物語る人間の正体結果結末竜頭蛇尾に終る
自分の夢が実現する夢の様なチャンスへの我が身を曝す捨て身で掛かる現実はドラマ
アメリカンドリームはたった一人の成功を佳和的に囃し立てる論理から成り立つ概念
優れた成功を収めた者への頑なな劣等感と敗北感は根無し草の短才庸愚を物語る実態
不協和音を協和音と捉える旋律に順応する国民の愚かさが導く結果と成果は竜頭蛇尾
俺が夢を叶える論理は自らを行動に起こす実践道徳気概と壮大な構想と野心が不可欠
貧窮って卑屈になるなこれまでの極限的な地位が将来へと輪を広がる根幹が俺を歓迎
自分に有利な仕向ける利巧な戦略は俺の匹如身《するすみ》を潤す成功への絶好の機会と競争原理
柔靭な肉体と若さと武器時間的な多少の苦痛や非能率も我物と思えば軽し傘の雪
偶然鉢合わせた双方の利害が拮抗する時処位と幸運を棒に振るほど愚か者ではない
有利な条件へと進捗する漸増主義と情況論理への打算と戦術が夢への勝利と論理だ

微量の狂気と将来を展望する俺の焔と野心は二十後の確かな戦略に妄執する
一畝有利なジャッキーの能率への頑なな競争場裏は一歩も譲る意志のない俺の範式
絶対に譲れない偏執と認識は将来への特権とキャスティングボートを握る展開と亀鑑だ
利用できるものは徹底的に利用の老獪な手段は競争原理を促すもう一つの戦力と戦略
既に始まる将来へ向けての存在感とガバメントへの磐石を叶える権限は冒険と名声だ
結果的にジャッキーを叩き潰す絶好の機会が今日の競争場裏不動な開墾への成果だ
無上命法の論理を掲げて開墾に挑む彼我は一歩も譲る意志のない敵対する敵同士だ
ジャッキーの弱点や欠点を勘案する俺の戦略は彼を極限へと追い込む熾烈な労働力だ
自らの理由で原野に崩れ落ちる糸毫のパニックは彼を追い落とす絶好の機会で合った
賢明な処置は敵愾心を抱いて畝立に勤しむジャッキーの出鼻を挫く成果が雄叫びだ
所詮俺とジャッキーは偶然の誼を交わす他人同士だ本質への敗北は決定的な屈辱だ
いやいかにも親しい間柄にあるだけに決定的な敗北への溝壑と無秩序は窮厄に等しい
成功への機会や憧れが葛藤や瞋恚という不可思議な病理現象に発展すれば万事休す
大人としての将来へ固定する青春の真っ只中将来へと盤石を築く最初の最後だろう

妥協を排し譲歩を拒み将来へと展望できる磐石の構築は既に始まる苛酷な青春の特権
子午線の円周の頂点へと駒を進める娓娓たる努力が叶える凄絶はいつかは結果を導く
貧窮にのた打ち虚しさに脅え不満や妬みの侵犯を受けた青春の荒廃は末始終の悲劇
日々最善の努力を払う真伞的な俺ならば常に素晴らしい旋律を奏でる剛毅が不可欠だ
自我の実現と華麗な将来へと自らを追い進める可及的な努力への日々の労働は貴重だ
勝敗の成り行きには一喜一憂する過激なものだったが磅礴《ほうはく》する結果は俺に有利に働くか
刎頸の友とはいえ絶対に譲歩できない一線自分の立場を有利に仕向ける確かな帰納法
若い時の努力がいかなる結果を引き出したかの確かな競争条理から学んだ無価は手本
俺が挑む青春の論理と倫理決断と実行夢と希望乳と蜜へと突っ走る根拠負け犬の過去
この原野に見出す長い長い時間との斗いはプレーリーに自分を見出す俺の最後の機会だ
Yの論理を掻き立てる逢う時は傘を脱げと自己の実現が優先の熾烈戦略は有利に傾く
志は貫け開物成務へのレジリエンスと無上命法は俺を確かな明日へ導く喫緊のテーマ
この原野に帆柱を掲げる理想と競争場裏は社会をさ迷った俺の極限へのテーマと道標
呉越同舟的な競争場裏が結果的にいかなる結論を引き出すか未知数のしかし鼓舞激励

朧月夜な夜明け前東雲を突いて手綱を握る壮絶な弛んだ顔面と精神へ戟手を浴びせる
今日の予定と段取りへ一歩も怯まない敵愾心が敵立を叶える朝は数発の戟手が鍛えた
縦横無尽な活躍へレングスを広げる敵立ては活溌溌地と鼓舞激励な運否天賦に委ねる
段取りへと円転滑脱な成果と結果への漸進主義は日々の娓娓たる努力の賜破顔一笑だ
二度とない機会へと挑む憑かれたような日々の労働は明日への方針と願望よしもがな
山麓へと舞い戻って来た俺への熱い視線は捨て身で挑む敵立の完成へ共鳴する激励だ
ちょっとこっちへ来ないかと草莽へと抱き込む妻との誼は精神衛生と健康への配慮だ
脱げ脱げ脱げよと抑え難い意馬心猿へ物の哀れの爆発は荒っぽい焦燥と能率への気遣
気配り心配り目配りと安全への頑なな思いと予知予測予防への安全への直向きな礼遇
頑張れよと以心伝心成功への直向きな思いは登龍門へと突っ走る夫への激励と期待だ
絶対に譲れない成果と結果は論理と倫理俺の競争場裏は破天荒な志操と剛毅な気概
ファンキーな独創性や個性が培った好奇心や豊かな感性は荒廃する俺を黙示する師表
俺のユニークな発想やピースミル的な意欲と責任感は圧倒的な規範で開墾へ導いた
一歩も譲れないジャッキーに恐怖と不安を与える豪快な勝ちっぷりはある種の恩返し

河川の流れに抗え蛙よ雑魚よ湍流れへと遡上せよ賢い人は遡河魚破天荒な気概と闘志
夢と希望を胸襟にさ迷い続けた現実への覚醒は野心的な俺の真実を語る実践道徳だ
挑み掛かった乳と蜜が越階的に経上がる夢でないならば本末転倒竜頭蛇尾と絶望だ
そろそろ終わりにしたら健康を気遣う夕餉を告げる妻の言葉が逆鱗に触れる気散じ
新しい酒を古い革袋に入れる仕事の仕方へのモチベーションとイノベーションの凱歌
人々の営み千種万類生き様千思万考幸不幸は禍福無門一度の賭けは運否天賦と運鈍根
秋の月が囁くやったねと衆生の神よ光明の神よ庶民の神よ光輝の神よ万歳だ
ここが俺の住処よ終の棲家楽しい我が家よ月よ星よと夕餉の楽しみ交歓の喜び
社会が驚嘆不可能の達成に檄が飛ぶ雄叫びはガッツポーズが似合うブラボーは鬨の声
これがあるから面白い夢が湧く喜び湧く合理主義実力主義漸進主義
Ｙの論理を掻き立てるぞ逢う時は傘を脱げと自己の実現
平等な社会は退屈だ焦燥が過る夢が萎れる地塘春夏の夢に終わる
無上命法は社会機構よ根無し草を励ます競争場裏よ社会条理
成功すれば天下人餓鬼大将にも夢が湧く

社会が傅き人が阿る俺の喜び無限大」

ロッキーが体験した社会は無遠慮までも現実主義であり、合理主義であり、能率主義であり、平等主義であり、漸増主義であり、そして痛烈な社会批判の精神だった。

「ロッキーが歌う俺も歌うか青春の蹉跌と成功へのよすがな背景と顛末
この多民族国家から食み出す悲劇的な結末理想と豊かさに無縁は非国民の類だろう
小さい袋を一つ抱えて含蓄と戸惑の表情でよそよそしく舞い戻る故郷での悲劇は御免だ
寄辺の根拠を失った哀れな俺が舞い戻っての荒家の修理と滂沱の涙こそ陰の朽木だ
他人の成功物語を称賛する割に自分に努力の足りない哀れな結末が竜頭蛇尾への道標
ドロップアウトな根無し草の必然的な目的意識と凄絶な身の振り方と針路は成功物語
たった一つの夢を追い掛ける発想と野心に疎く乳と蜜に無縁な男がいるのが可笑しい
理想と裕福こそこの多民族国家を棲家にするデラシネたちの憧れと方針と規矩準縄
大少の様々な船舶が停泊するあの一帯の景観は俺にさとす夢への真髄な黙示だ

目的達成への手段は計画と実行挑戦と競争俺の才能と自負と健気な努力が真髄だ
男ならば埋没するな頭角を表せ視界は広い水天彷彿の大海原だ
俺のオーソドックスな論理や異才その破天荒な個性は遠図な構想を練る気概と破天荒
均等な機会を手中に収める絶対の不可能に挑む不退転な覇気は明日を展望する俺の魂
夢と野心を胸襟にこの乳と蜜への憧れは約束の地に住む俺を無際限に掻き立てた怪物
嚆矢への果敢な決断がなければ竜頭蛇尾と流氓《りゅうぼう》と転がり落ちる必滅な運命だった
俺が頂点へと昇り詰める過程の幾何級数的な努力によってなし得たものは貴い方針と願望
この六年間張ったものは信念と信条主義主張自尊心と優越感矜持と破天荒が主意と本質だ
俺に不向きな妥協と譲歩の髄から純粋な価値観を見極める俺の真摯と気概は飛躍だった
俺は社会の不文律や乾所帯の原理原則を弁えながら糊口に喘ぐ実生活実態は御免だ
俺は冷酷な企業論理や社会の目に脅え乍らも細々と生活をする人生観はない
国の仕来りや教えに従うアメリカナイズへの順応とカタポリズム極めて模範的な手本
這い上がる機会があれば這い上がる不屈の努力と闘争心が夢を適える均等な機会だ
荒涼とする無辺天地へ挑んだ不可能を叶えた努力慟哭を乗り越えたのは俺のハングリーだ

泥沼から這い出す俺の肉体を労働の中から鍛え直す覇気は一段と輝く相手に肉薄する
アポリアな対立が場裏を掻き立てる要因の二人の不自然な特異性はこの地の不可解
高い地位に執着する善良な人間の体内に潜む微量の狂気と名声は欲だろう
スターティングブックから飛び出した相手を追い抜く衝撃的な優位と対等は不可避だ
柔組織的な志操の中に宿る柔靭な俺の畝立への急峻は草莽を冬耕へ導く俊敏さ驚嘆
俺がいかにひ弱い男でも最後の賭けは視界に広がる無辺際な山並みと彼との格闘だ
一歩も二歩も優先するはずの努力が悲しい極めて確かな勝敗が悲しい成果と結果だ
この国に生まれた者の幸せよ卑屈になるなデラシネにはデラシネの競争場裏が宿るぞ
この国の社会機構は貧しい者が乳と蜜が崇める盤石が備わる基礎が備わる僥倖と幸運
順風満帆な青春なんてどこもないわ摩天楼の下に転がるのは置き去りを食らう人の群
無価な黄金律が健全に機能するこの国での無謀と冒険が必然的に成功への里程標だ
優劣を競うしどろもどろの戦いいかんに将来を展望する手段ならばそれを麦秋が語る
絶対といえ名誉な行動科学は自尊心と優越感と矜持が適える俺の凄絶な魂か宿る言質
成功への確かな手応えと日々の努力は生殺与奪な社会秩序から生き残る手段の一つだ

開墾への決断を下した俺の不本意な頓挫は結局糸毫の富を争うパッセへの仲間入りだ
サクセスストーリー人間本来の方針と願望伸し上がれ這い上がれ執念は俺の成功物語
底辺から這い上がる道理を理解しない者は皆無均等な機会の乳と蜜は無限な欲が絡む
俺が見た海の上に掲げる理想と無上命法の旗底辺をさ迷った男の到頭する陸の雄叫び
個性的な農民への脱皮と畝立への最短距離開墾への努力は見事なカタポリズムだ
農民と言う慣れない職業へと挑み掛かった凄絶な俺の気概と気迫は硬い岩をも破壊す
流氓で学んだ忍耐や苦痛な数値を具体的に置き換える帰納法は歓喜に等しい乳と蜜だ
いつも転がるばっかりの俺が立ち上り又再々立ちあがる執念はあくなき乳と蜜
いつもベストとはと自問自答のいかなる努力を物語る哲理か最善の努力を全うした
努力の累積は俺を将来と導く根幹の巨大な夢と名声へと導く表徳碑だ
貧しさに堪え苦痛に耐えハングリー精神で立ち上がった自己誘導型の精神が適える夢
分蘖《ぶんげつ》を眺める感嘆詞ああ素晴らしい眺めよ喜びよ未来への確かな世界は字字紋々だ
お父さんは頑張ったぞお前やお前たちのために死に物狂いに頑張った青春の雄叫
無上命法と競争場裏の論理と行動科学は根無し草の俺の成功への唯一の手立てだった

俺の夢を叶える盤根錯節な数々の累積はハングリー精神が自己誘導型の自発自奮だ
底辺から這い出す這い上がって頂点を目指す一途な思いは方針と願望抱負への模範
社会の規範やモラルに打ち拉がれて寄り辺を失った殺伐たる数年間成功への過渡期
一度で好いから死に物狂いに仕事に没頭出来る機会と体験が欲しかった渇望への憧れ
この国家の社会条里は貧しい者への均等な成功の機会乳と蜜の溢れる根無し草の感動
深く顔面の中で窪んだ両眼が静かに回帰する喜びは無軌道な己を征服した俺の治療法
街の中を人々の視線に怯えながら黙々と歩いた哀れ青年期の挫折的な全人格左様なら
無上命法とは一人の男性が死の身の努力で開物成務に挑む壮大な物語を語る語彙だ
未曾有の情熱よ無上命法よ開物成務よ餓鬼偏執よ今日もまたリュック一杯の夢を追う

壮大な朗唱が喜々として路傍を支配し、一人独りの心の中に閉じ込めた熱い思い描き出す歌詞の一言半句は、苛酷に挑んだジャッキーの断片に違いなかった。自分の姿を率直に歌うロッキーも、ジャッキーも体験した露わな過去の悲惨な実態を完全に忘却していた。

皆、喜びと興奮の坩堝だ。

ロッキーが再び、歌い始めた。ロッキーも、上機嫌だ。喜びに溢れる精悍な声調だ。山に木魂し、草莽に木魂し、街へと木魂が回帰する。

あの山この山僕らの山だ――夢を奏でる盤石暴虎憑河な夢は無限大
四季折々の雑草が咲く草原――春夏秋冬時分がずに咲き乱れる乳と蜜の楽園
努力の数々喜びへの加速――働け働け日がある内は家に帰るなもっと働け妻の激励
何かを作れ一つか二つ――C3C4植物への新たな試みも確かな富への喜びが宿る
労働の一つ一つ夢の旋律――夢を奏でる色彩感は強烈だよな
孱孱な流れよ嬉しい流れ――意に沿って生きろよ抗え己の無知に抗え夢が広がる
出来た物がまた格別よ――大麦大豆に唐黍にジャガイモと五穀豊穣の穀菽へ垂涎
夢が広がる羽搏く視界だ――春小麦か秋小麦か肥沃な大地は夢を奏でる二毛作
麦生が青い大豆が青い――亜熱帯よ大陸性温暖帯よ夢が広がるプレーリーの草莽
唐黍そろそろ食べ頃――腹一杯に食べたい成功への手本と喜びだ俺たちの範式
まだまだ街は貧しいがね――歴史を刻むドラマが見応え歴史への揺籃期だ

まだ街には歴史はないが——歴史を刻む諸般の改新新鮮だ
街に名前が必要だ——皆に賛否を問えよ好い機会だ
イニシアルではどうかな——決定だ
R・j&m・lの街か——ガハガハそれが良い天賦の精神
ロッキーとジャッキーそしてミッチーとローズの街だ

ロッキーが力の籠った口調で歌えば、歩調を取って市民の歌声が木魂する。調子を合わせる短い歌詞の一部を、承前的にピックアップして同語反復、揶揄的に取り上げる極め短い台詞とパフォーマンスは、瞬間から壮大なヒップホップ的な歌へと発展した。ロッキーが踊れば、ジャッキーが踊る。自由奔放な表象的動作のパフォーマンス、喜びに満ちた路面は最早、一時的なイベント開催の街の姿ではなかった。彼らの歩調と喜びは、頂点へと達していた。

家の前まで歌って踊って舞い戻って来た、四人の市民の表情は興奮の坩堝だ。自分たちの置かれた喜びと成功を率直に分かち合う彼らはユニークに作詞作曲、歌って踊って有頂天、興奮の坩堝と化していた。

「――」

一台の車両の到来が、ロッキーら四人の愉快な時間の流れを一瞬に破壊へと導いた。

変な予感が、ロッキーら四人の脳裏を掠めた。ロッキーら四人に、凍り付いたような衝撃波が襲った。遂に、逮捕かという恐怖に満ちた時間が流れた。不安と恐怖に、射竦められた。私かな、俺かな、誰かな、誰だろうかと疑心暗鬼、動揺する自分の心を死に物狂いに抑えて冷静沈着に、警官の一挙手一投足を凝視した。

「好い天気だ」

自動車から降りた、警官の挨拶に怯えた。

「――」

ロッキーら四人は無言、憤怒と猜疑心と憎悪の過る荒々しい、射竦めるような視線を警官に投げつけた。お前の来るところではないだろうがいう怒り心頭に発する表情は暴動的だ。予想しがたい人物の到来だ。異様な雰囲気に包まれた。

「この集落に、オートバイの所有者はいないかな。ああ、一台あるな」

警官の視線が瞬時に、オートバイの所在を確認した。

「ちょっと、見せてもらうか。持ち主は、君か？」

「――」

「君のか。このオートバイは、盗品だ。知っているか。数か月前、ジョン・バレー・シティーを走っているこのオートバイを、中古の販売業者が目撃していた。五、六年前、南部の街で、盗難にあった青年が盗難届を提出していた。君が持ち主なら、犯人は君か」

「――」

ジョン・バレー・シティーは、ロッキーがライフル銃で街を守るという闘争心と善意が、裏目に出た。行く水に数を書くとは、この儚い喜びの中の顚末だろうかと考えた。流れる水には言葉があるとロッキーは怯えた。

ロッキーの脳裏に、オートバイを略奪した当時の様子が生々しく蘇ってきた。

この国の経済的な秩序の枠組みと街は、国際的な巨大な仕組みが構成していた。交通機関の不便と社会の混乱は、乗り物を所有しない貧困層には致命的な不利益が成り立っていた。歩く時間の無駄と循環には、日常的には限界があった。自分の逆境への悩みと生活秩序の崩壊は、生き地獄にも等しい絶望的な時間であった。自分の逆境と生活秩序を変えなければ、将来性はゼロに等しい過酷な現実が待ち構えていた。どうすれば、自分が置かれた環境から脱皮できるのかと考えた場合、社会的な秩序を覆すような発想と野心への、飽くなき夢への欲望だった。

ジョブ・ハンティングで街を歩くロッキーの視界に飛び込んで来たのは高運にも、キィーを差し込んだ儘で駐車した、オートバイの発見だった。瞬間にロッキーに強要したのは、略奪といえ反社会的な荒っぽい行為だった。真面目な生き方が将来模索出来る、一つの考え方の原点と乳と蜜がそこには潜在した。ロッキーは、オートバイを略奪すると人目につかない路地から路地へと駆け抜ける絶妙の遁走を繰り返し、郊外へと飛び出す千載一隅の機会を見逃さなかった。街外れから一路針路を変えて迂回すると、殆ど人の通らない脇道へと乗り込むと山道を経由、追跡を懸念するロッキーはまた、老獪に予想外の迂回で警察を捜査を攪乱、逃亡に成功した。冷静な判断力と実行力は正確無比、ロッキーが住み慣れた故郷から、決別したのはその直後だった。

この街は、将来を展望する野心的な青年の終の棲家には実に不向きだった。二度と帰る価値のない殺風景な街の仕組みと行政は絶望以外に何もなく、平等という謳い文句に相反する異常な差別意識が不文律の、南部地方独特の非法治国家に過ぎない街の慣例や習慣を物語る悲劇的な秩序は、ロッキーが社会に貢献できる仕組みを発見できなかった。業者と白人と警官が一蓮托生、黒人に濡れ衣を浴びせる街の仕組みには未練はなかった。いつか、この街を抜け出す願望と不満が募るロッキーにはこの機会は、絶好のチャンスだった。いつかは濡れ衣を背負って、吊るし首になる可能性は絶対のゼロではなかった。保護観察処分で拘束の、この街への嫌悪感が募るロッキーには、未遂の故意的な考え方への最善の対応が、妥協な選択肢だった。映画にも取り上げられた実録ボクシングの、世界チャンピオンの黒人が濡れ衣を負って過酷な、数十年に亘っての投獄に直面した歴史的な真実を紐解いて分かるように、この街には正義と平等な精神はなく、この街からの脱出は安全上必要不可欠な条件の一つでもあった。

ロッキーはもともと、地域で名代を務める実績を積む無頼漢の一人だった。数々のニックネームは、ロッキーの素顔を物語っていた。悪賢い、小賢しい、悪巧みな、悪知恵の働く、人でなし、諸悪の根源、賢い、野心的、性状奔放、温藉清冽、冷徹、極道と評判の悪い餓鬼大将として地域で妥協を否定、不利益な譲歩を拒み妙諦を盾に正論を打ち噛ます一見識がまた、頴脱《えいだつ》で弁舌な青年として知られていた。舌鋒鋭く、半端な考え方で反論する虞犯少年を論破する丁々発止には、太刀打ちできない素養には一見識、備え持つ理知は非凡、鋭い論理観的な考え方がロッキーの脳裏を支配していた。その器は大きく、鋭く豪快な振る舞いとその一挙手一投足には、非凡なものがあった。そしてロッキーには、気宇壮大なテーマを目論む野心的な思考回路が潜んでいた。

以来、ロッキーの生活秩序を支えたのは、一時凌ぎの肉体労働だった。街外れの倉庫の片隅にそっと隠すように置いたオートバイに飛び乗るとジョブホッピングまた、新しい街へとハンドルを切り逃亡を繰り返す。ピースワークは、ロッキーの生活を支える仕事の一つだった。追い掛けて来る店員に強烈な、パンチを浴びせる準強盗の数々がロッキーを支えた。肉体労働で日当を稼いでは、あてもなく彷徨い蛇足を伸ばす日々の不安と絶望感、やり場のない心を抱えて懸命な努力は陰陰滅滅、空空漠漠な日々だ。いつかはきっと豪快な夢が適うはずだと、不自然に自問自答する習慣が蒟蒻問答の、悲劇的なスクリプトな日常には意志消沈、絶望と挫折感に過ぎなかった。焦燥し、やつれ、やり場のない孤独な姿を癒すのは夜の自慰と快感だった。西部をさ迷い夢を物色する日々は苛酷、衰弱する哀しみがロッキーを襲った。

偶然に立ち寄った街で面識を待つ羽目に陥った、ジャッキーとの遭遇は奇跡に近い親近感が過った。拒む理由は見当たらない境遇の一致は、二人を結びつける大きな要因だった。いや、自分と同じ境遇の青年もいるという確かな事実と手応えは、ロッキーの殺風景な心を癒す妙薬、どこかで下ろしてくれと頼まれたが、下ろす気持ちになれない親密な関係が出来上がっていた。将来へ得難い絆が結びつきが、邂逅の瞬間に出来上がっていた。ジャッキーを意図的に揶揄するロッキーだったが、揶揄しながらジャッキーといえ人物の個性を観察する鋭い知性が働いていた。中途半端な人間に誼を感じないロッキーの強烈な鋭い性格と看破は、邂逅した瞬間から素晴らしい歌詞を歌う彼の、壮大な秩序を持った一人の青年として、その力量を高く評価する観察眼は、便乗を拒まない確かな回答だった。乗せて貰えないかという問い掛けは、ロッキーの持つ戦術観が支配していた。どこかに街があるだろうと語った親近感、ジャッキーを信頼する絶対的な理由だった。ロッキーが一つの便りとして浮上、孤立する俺は彼の影を慕った。頑固な主義主張を秘めたロッキーは不羈奔放な青年ではあったが、頼りにしたい何かが不足する自分の心の中の脆弱な一面を理解していた。強がりを言ってもか弱い人間の一面が、ロッキーを孤独に仕向けていた。持ちつ持たれつの関係が出来上がった。同じ穴の貉として、助け合う精神が蘇っていた。

心腹の疾は、ロッキーの心の中でも癒えることが不可能な疾病だ。俯仰天地に恥じずと身構えて、堂々と自分には疚しい過去はないと善良な一市民として、特に礼節を尊重する実直な考え方で日常生活で人々と交わり、麻の中の蓬として振る舞ってはいるが、犯罪者という過去の重荷はロッキーの心の中に蹲った儘だ。一度犯した罪は千重の罪過、ロッキーの心の中で重くのしかかっていた。それがロッキーの良心を苦しめ、心の中で裁き続けた。必死になって頭を振り払おうとするが、視界にあるオートバイが悪夢を呼び起こす。二律背反する葛藤の中に、ロッキーの青春は浮沈を繰り返す矛盾に苛まれていた。ジャッキーに罪過を告白しようと考えたが善良な市民の一人として、街に溶け込む彼に秘密を語る勇気は湧いては来なかった。絶大なる信頼を寄せるジャッキーだったが、この犯罪者と言う一線を乗り越えて交わる勇気はなかった。本当に自分の秘密とは嘘で固めた人間の、心の中に沈殿した蟠りだった。神への懺悔は、信条上の論理を尊重する頑なな信念から到底不可能、告発する勇気と機会はなかった。自分の過去を恥じ、身のやり場のないロッキーには本当に残酷な日々との闘いだった。

警察の目に怯える時間を癒したのは、この山の中だった。ゴースト・タウンを発見した時は、この偏西風帯の豊かなプレーリーに、ある種の安らぎと喜びに歓喜した。理想的な住処だ。ここなら、安心だと。社会から遊離した過疎な原野は、社会に取り残された街だったからだ。ここならば、法律を盾に警察権力が介入する機会はゼロに等しかった。ロッキーは善良な市民の一人として立派に市民権を取得し、いい顔して社会に溶け込む必死な努力を繰り返し、善良な市民の一人としてこの街に定着していた。

ロッキーは、観念した。ロッキーが、隠し通した最悪の犯罪がばれた。麻の中の蓬として街に溶け込む必死な努力、いい顔していた自分の偽善と老獪な考え方が自縄自縛に終わった。

「――」

その衝撃は、大きかった。街に、一波万波の波が押し寄せた。ロッキーを取り巻く、ジャッキーたち住民は慄いた。心が凍結し、えもいえぬ衝撃が襲い掛かって来た。

「何かの、お間違いではないでしょうか。そんな、馬鹿なことがあるでしょうか。ロッキー、嘘でしょう。嘘だと、言って頂戴よ。お願い、あんなに素晴らしいロッキーが、犯罪者なんて。考えただけでも寒気がする。ロッキーが、私たちを騙していたなんて、常識では考えられない。悪意に満ちた捏造的な行為だ。ロッキー、本当にそうだったの？ 騙し合いの関係だったのか。騙し合いではないけれど、お互いが騙し合っていた訳か。世の中の人間って、本当に悲しい生き物よね。ロッキー、御免なさい。私も、ロッキーを騙していた。ロッキーを騙さなければ、社会を欺かなければ、私の夢と青春は絶望だった。世の中は寸善尺魔、自分の行為や行動には、疚しい問題はないと社会を欺く手段は、私には喫緊のテーマだった。私はこの街でも老獪でなければ、社会の色や嵐に乗ってどこかへと流される悲しい運命にあった。流れる水には、言葉があるものよ。ロッキーを騙さなければ私はまた、どこかの街へと呻吟い続ける悲しい運命が待ち受けていた。ロッキーとの結婚こそ、私が掴みかけた夢を大きく前進させる至上の条件だった。そして、日々懸命に、本当の妻としての生き方を模索した。私は純粋に信頼するロッキーを、徹底的に欺く手段に潤いと喜びを見出した。なんて、残酷な。なんて、惨い仕打ちよ。御免なさい。そしていつしかそれが、素晴らしいロッキーの妻へと、劇的な豹変を遂げた。開墾する原野で、私を抱き締める度に夫婦の関係は、濃密な絆を築く羽目に陥った。ロッキーの危険防止と精神衛生へと、死に物狂いな努力に没頭した。自分を一方的に犠牲に仕向けて血の通った熱い思いと思うどち、ロッキーへの安全が至上命令だった。ロッキーの太いおはせを迎え入れた私の処女は、じょうらくむ膝の上でもがき続けた。私は、ロッキーに強く抱き締められる度に、腕の中で純粋な妻の在り方を学び、豪放磊落な愛と性に陶酔した。意馬心猿なロッキーを抱けば、加速する性愛の喜びに有頂天になった。

私の本名はロッキー、リース・モーガンよ。偽名ばっかりを使って社会を欺くのが私の明哲保全、カムフラージュは常套的な手段だった。私の名のミッチーは、ゴースト・タウンで偶然浮かんだ偽名よ。この街の人々は皆、一角の人格を備えた善良な市民だと思っていた。私もそれなりに、街の人々に順応する苦肉の策が浮かんだ。それなりの、人格を備え持った女性に覚醒したかった。向こう側の街で置き引きした時、持ち主から射竦まれる私を助けてくれたのは、お買い物に来たロッキーだった。ロッキーは、知らぬ存ぜぬと寡黙、私の秘密を守ってくれた。四知、人の秘密など守る理知的な人間なんかこの世の中にはいない。腐ったような人間が跳梁跋扈するこの世の中、しかしロッキーは頑として秘密を守ってくれた。把羅剔抉が社会の論理と倫理、相手を漕ぎ落す競争原理がモラル、皆が小気味な顔して生活するここは願ってもない所だと、懸命に街に溶け込んだ。一人独り慎むという理想的な言葉があるように、私は一人の時も礼節と秩序を厳守し、人間社会の道理を全うする真摯な努力に励み、細心の注意を払って、善良な市民に心掛けた。

ロッキー、御免なさい。許して。私も、心腹の疾の持ち主よ。ロッキー、自分の犯罪を悔やむ理由はないわ。私だって万引き、置き引き、脅し、かっぱらい、ひったくり、窃盗、強盗と数々の犯罪に手を染めた、小盗人の常習犯の一人よ。人には添って見よ馬には乗って見よという教えもあるが、人間ほど不可解な素性を備え持って生活する横着な生き物はいないと思う。私は誰も知らないと市民を堂々と欺き、自己中心主義に溺れる悲しい人間の一人だ。私の犯罪には、物的証拠がないだけよ。お腹が空いた私は民家に飛び込むと、食べ物を物色した。コンビニも荒らした。あの小娘は、街のスローアウェイと後ろ指さされる悲劇的な体験が、犯罪への加速となった。母親は、そんな虞犯少女は、恥さらしだと私を見捨てた。職業学校では、皆の虐めにあった。そして、泣いた。いやいつも、滂沱の涙を流す少女だった。なぜこんなに私が虐められるのかと考えると、どっと涙が溢れた。兄弟姉妹のいる私の、形影相伴う一人ぼっちの生活に明け暮れた。千里を彷徨う、私は根無し草の一人。警察の目に怯えながら、社会から逃亡する日々を繰り返す。日々、私は手に汗を握る恐怖と不安に怯えていた。過酷な冷静って本当に、神経をすり減らす処世術よ。だからいつも、新しい街へと住処を変える逃亡には偽名が必要だった。住処といっても、人の住めるような場所ではない。街外れの見窄しい廃墟が、私のお住まい。わなわなと泣いて、暖炉の傍で一夜を過ごす空腹と絶望の中で、力を振り絞って生きることの尊さを学んだ。年頃になって胸が膨らんでくると、馬鹿な男たちが私に群がった。見知らぬ娘は、格好の遊び相手だ。私はこの街の大人しい娘よと偽善、嘘ばっかり並べて街を翻弄、生活の手段へと犯罪が加速した。街のチンピラたちが、私を追い掛けて来て、性欲のはけ口に暴戻を働く仕草を見せたから、股間を蹴り上げて逃げた。ところが、スローアウェイな私はお金がない。ホームレスの屯する場所へ行くと、女に飢えた男たちの危険と欲望が私を襲う。私は下ろしたお金を計算する娘に近寄ると、かっぱらって逃げた。私オートバイを略奪した経験はないが、社会の末端で跳梁跋扈するこそ泥さ。私はいつも時間があれば数々の犯罪を懺悔したが、盗人の守護神として崇められるラベェルナに向かって神聖な思いを語ったが、悔悟は癒えなかった。神々を崇めた私の苦しみは、苦しみとして私の良心を圧迫する怪物だった。私はいつも、夢ばっかりを見つめる純粋な娘だった。その望みは聳えるように高く、生き甲斐を求め凄絶な魂は絶対に衰退することはなかった。永遠な愛を求める私の執念は、真摯な女心だった。恐れを知らない私の勇気と覇気は、社会が打ち砕いてくる夢を標榜に真剣に立ち開いて一条の光を追い求めた。私は、ロッキーが逮捕されても味方よ。私は、ロッキーを欺かなければ野垂れ死にの運命にあった。ロッキー、御免。あんなに、愛して頂いたのに、罪の深い犯罪者。過去は大変だったけど私は処女で、ロッキーとは初夜で抱かれたのよ。こんな私でよかったらまた、私の所へ帰って来て左提右挈、二人で頑張りましょう。ここで自棄になったら、大変な間違いが起こると思うの。生まれ直して、私のもとへ帰って来て頂戴。ロッキー、貴方を愛さなければ、愛する男性はいないのよ。また帰って来て、言って頂戴よ。ミッチー、こっちへ来いよ。脱げよ脱げ脱げ、見せろよと、そんな無遠慮な情熱と、破天荒に振る舞う精悍なお前が好きだよ。ロッキー、私は貴方を心から愛しているわ」

ミッチーの叫ぶような悲調的な披陳には、周辺を圧倒する凄絶な人間の魂が宿っていた。ミッチーは、自分の心の中を暴いて真実を語った。ミッチーの顔面には、滂沱の涙が流れていた。

「――」

ミッチーが置き引きと過去を語った時、ローズの視線が斜視した。ミッチー、お前もかと口を塞いでいた。自分の同じ犯罪を犯したミッチーへの驚きと同情だった。街の、ミッチーの置き引きは、ローズはきづかなかったようだ。

「人間は、現在の自分の姿に満足する人はいない。あくせくと働き、懸命に夢を追い掛ける真摯な姿は感動的だ。常に個人が所有する様々な思いや目的意識が、不満や劣等感や欠点を癒そうとする死に物狂いな努力の中から見出す、限界へと覇気や気概を促す盤石と源泉が潜む。自分の過去や犯罪を公然と暴く、愚か者などはいない。秘密を守り、秘密を極秘へと導く心情は、人間の悲しい営みの一つだ。人間はね、自分の内面に潜む欠点を隠し、自尊心と優越感が働く可笑しな生き物だ。恐らくこの極秘が、個人を限界へと誘導する最善の手段一つではないかなと思う。

ロッキーがいなければ、この街はなかった。この街は、極端に追い込まれた人々の冷静な判断力の結集で完成した、一つの理想的な街だと思う。私を救ったのも、この街の人だった。見知らぬ原野をさ迷う内に、この街に辿り着いた偶然は、私の死に物狂いな生き様に共鳴するジャッキーの、テレパシーが働いたのではないかと考えている。私が、生まれ変わった青春を堂々と、歩みだしたのもこの街だ。ここで野垂れ死にするはずの私が、生まれ変わったのは偶然ではないと思う。産霊の神が、私をこの地に招き入れたものだと思っている。

ロッキー、自分の犯罪を恥ずかしがる理由はないわ。もっともっと大切な事は、必ずこの街へ戻って来ることよ。他の場所へは、絶対に行ってはいけない不文律、ジンクスがあると思う。私たちは、この街を終の棲家に定める暗黙の了承をしている。ロッキー、私も相当な悪よ。私は両親が離婚すると邪魔者、幼い私は路傍に迷った。生活秩序は崩壊し、他所への家に忍び込んでは食べ物をかっぱらった。警察のお世話にもなった。少年院に収容された。スローアウェイな私は、里子になった。そこで虐待を受けた。私の性を売り物にする義父の罠が襲う。ポルノに出演、私の映像が巷間へと流れた。ああ無情、初潮な私を虜に弄ぶ男たちのヘドニズムと、ＳＭが私を襲う。恐ろしいのなんの、義父が呼び込む淫乱な男たちを相手に日々、数名の男と織りなす数々の体位に、私の精神が錯乱した。電話で予約を受け付ける義父の惨い仕打ちは、深夜に及ぶ苛酷なものだった。列を作って私を弄ぶ荒淫が、行列を作ってが廊下で待つ不安と恐怖。私を性的に弄ぶ淫乱な男たちの犇《ひし》めきが、とぐろを巻く狭い部屋は、私を塗炭の苦しみへと追い遣った。私の腕を捻じ曲げて強引な体位を強制、お年寄りの老獪な荒淫に私は滂沱の涙を流した。荒淫な男たちの戯しい体位と淫乱は、私の破瓜が開花した直後からの数年間、荒淫な映像を見ながら私を抱く過酷な日々が続いた。日々数百ドルの富に潤う義父の歓喜は終始、私が逃げないような狭い部屋に閉じ込めた。私がそっと空を見上げて、悲しみの涙を流す広い窓さえもなかった。私は草臥れた部屋の隙間から、記憶に残る自然を眺める悲しい行為に没頭した。物思いに耽る夕間暮れ時、茜色に染まる雲間に呼び掛けた必死の覚悟は齢十歳と、五歳の少女だった。私を蝕む男の論理に、効能な薬はない。私を救うたった一つの道標は、目的達成への決断だった。私を慈しめる社会の道理に向かって暴走する天賦の人権は、希望を求めて脱皮を図った。虎視眈々と、一週の機会を日々観察する幸運な機会は、買い物に出かけた義父のトラブルと篠の突く雨だった。私は体を扉にぶっつけて破壊し、外へと飛び出した。土砂降りの中を死に物狂いに走り抜ける無我夢中な、私が辿り着いたのは山麓だった。凛冽が襲う無防衛、ＳＯＳの発信が心の拠り所、流れ着いた場所は湖畔に隣接する山麓の、廃虚一軒家。流れ落ちる雨水を避ける懸命な努力は限界、いつの間にかずぶ濡れに、悪寒が過る畏怖と恐怖。足元に滴り落ちる雫に慄く。家の中へ飛び込み、床板剥がし、死に物狂いな暖炉の炎。棚探しは、残飯を漁る私の苛酷な食事風景だった。この苦痛からの脱皮の成功こそが、私の将来を展望する上での画期的な出来事だった。ずぶ濡れと霜烈な寒気の中、素っ裸になると襤褸切れ掻き集めて防寒着、凍死の回避へ死に物狂いな思いで立ち開かった。暖炉に木切れを投げ込む必死な努力が生存への確かな一歩、明日へ生き延びる苦肉の策だった。着る物は無いかと一枚の衣服の発見に心が躍り、襤褸切れを被って暖炉の前で深い眠りについた。空腹と飢えの不安と恐怖に怯えながら、深く眠れぬ夜を過ごした。しかし苛酷な素晴らしい夜は、私に無限な夢と希望を与えた。が、目覚めると凍てつく寒さに震える自分の姿があった。おずおずと出かけた見知らぬ街は、豊かな色彩が人々を潤す虚装と虚栄を醸し出していた。八百屋に立ち寄った瞬間の行為は、無遠慮な小盗みに走った。生活の手段の小盗みは必要悪、犯罪に手を染めた。半端者の私は、平然と実行に移す非常に危険な犯罪を犯した。薬の、売人も遣った。生娘を紹介する、半社会的な行為にも罪悪感はなかった。色好みな男たちに生娘を紹介する商売に、明け暮れる日々もあった。幸せそうな女性を、不幸のどん底に落とし込む行為が無性に楽しかった。私の、羞悪心を癒す手段よ。いや、綺羅を燃やす日々だった。あの娘は、生娘ではないという確かな事実にほくそ笑む。卑怯暴戻な行為には、快感を過った。心は荒み、道義心を弁えない、神罰を恐れない悪戯な行為に明け暮れた。劣等感かな、僻み根情かな、妬み根性かな、嫉視かな、豊かな生活に潤う奴らへの敵愾心かな。張り合う、奇妙な競争原理が働いていた。私のお洒落を談義する娘たちの間に割り込んで、買ったばっかりの下着を毟り取ってた。お洒落な、フリルの付いたパンティーは、下着を買って有頂天な娘からかっぱらった商品だ。私も年頃の娘、娘たちがお洒落な下着を履いていれば私も娘、お洒落な下着を履きたかった。唇を赤く、赤く染めたかった。人並な、青春を歩みたかった。女性の、たった一つの欲望よ。笑わないでね、人には人の人格、私には私の人格がある。悲しい私の人格は、社会を阻害する悪魔だ。人を、干渉する資格はない。私も、一物を抱えた悪さ。が、その反面、裏を返せば、大らかな善人の一人よ。ロッキー、貴方は善人よ。偽善者ではない。立派な教養を持った、一人の市民よ。刑務所に収監されたからといって、恥じる理由はない。この街は、貴方がいなければ暗闇だ。ミッチーのためにも、皆のためにも、必ず帰って来てね。私からも、お願いよ」

ローズは、滂沱の涙で訴えた。激しく浮沈するローズの言葉は、真実を生々しく語っていた。不安や恐怖を癒す要が凄絶な魂となって飛び出す言語は圧巻だ。

「ローズ」

ミッチーの言葉が飛び込む。ミッチーに、感動が襲い掛かった。

「悲しみを越えた。苦痛を越えた。私も、社会のどん底をあゆんだ」

ローズの手が、ミッチーの体を抱き締めた。

ローズの披陳をじっと見守っていたジャッキーが、重々しい口調で語り始めた。ジャッキーは、隠し持っていた自分の過去を語る絶好の機会だという認識を悟った。

「俺はロッキー、浮き世の雑踏の中を、一匹の蟻として生きてきた。雑踏の足が踏みつける薄情と情実、危険に立ち開かる生命力は尋常ではなかった。俺も社会にのたうつ、溢れ者の一人だった。社会は無遠慮に、俺の目的意識と目的達成を踏み躙る狂態を演じた。見上げれば、巨大な足の裏で戦き恐れる悲しい自分の姿があった。社会の悪辣が完全に、俺を踏み躙っていた。そこに為す術のない、悲しい青春を歩む、俺の姿があった。俺は、死に物狂いな努力で生きてきた。いつもいかなる時も絶望と言う、恐怖にたじろぐ狼狽な経験はなかった。成功への確かな意志と達成への目標は、確かな俺の破天荒を支えた。悲しみや苦痛が雲のように俺を覆ったが、燃え尽きない野心への頑なな思いは、遠い将来に標準を合わせて、夢に挑む熾烈な競争場裏を捉えていた。自己主張と野心が、外部の人々を無遠慮に退ける排他的な考え方は強烈だった。激しい軋轢や宿命的なギャップを乗り越えて、経上がって行く成功への気概と秩序は健在だった。他者に理不尽な譲歩を強いる俺の強烈な処世術は自己主義、自尊心、優越感が尊大な動態を主張しながら、社会で主役を演じる華麗な俺を支配していた。優れた者だけが華麗な生存を許す社会の論理には、負けたくはないという妄執が、俺の根幹を支えていた。怯んではいけない覇気が俺を完全に支配する、何かが俺を鼓舞激励する。剛臆な俺だが、誰にも負けたくはないという一途な目的達成への凄絶な魂また、テーマだった。この街では、ロッキーには負けられないといえ執念が宿っていた。幾度となく繰り返す失敗への教訓が、微々たる成功への兆しを積み重ねた。ロッキーを宿敵のような思いで、懸命に頑張った。お前は俺の、ノルムだった。俺は日々、ベストを尽くした。立ち上がっては転び、転ぶと立ち上がってはまた、気概を取り戻す循環だ。競争な相手に勝つことが、俺の羞悪心を癒す最短距離だと思っていた。その闘争心と過酷な競争場裏が、俺を開放へと導いてくれた。感謝したい。

皆が、そうなんだ。社会は、きれてつの縮図だ。自分の良心を欺いて生活する奴らが、大多数を占める世の中だ。立派でもない奴らが立派そうに振る舞う滑稽な、偽善と詭弁を語って、のさばる世の中だ。そんな人間が、この世の中には吐いて捨てるほどいる。道理を弁えない、愚か者の集団だ。立派でもない自分を立派そうに見せつける偽善的な、悲しい人間のエゴと羊頭苦肉が、社会を闊歩する。治らない疾病を抱え込んで、疾病と闘いながら、死に物狂いに悲しい物語を抱え込んでいる。ロッキー、俺もそんな人間の一員だ。俺も、数々の悪事に手を染めた犯罪者の一人だ。最初の犯罪は、学校のガラスを叩き割った時に始まる。教員室へ忍び込んで、財布を盗んだ。車上荒らしは、日常茶飯事だ。カメラ、携帯電話、財布を盗むこそ泥だ。自動車を解体して、売り捌くあくどい仲間の一人だった。パッセな奴らの、稼いだ金をかっぱらって逃げた、あくどい経験もした。オートバイをかっぱらって、転売する際どい経験もある。立派そうな格好をしているが、裏を返せば社会の嫌われ者の一人だ。汗を握る日々、草を結ぶ悲しい時間が無際限に過ぎていった。死線を越えて生きて来た自分の過去は、秘密にしたいものだ。そして、麻の中の蓬として街に溶け込む、苦肉の策に走る。秘密とはしかし、非常に罪の重い負担のかかる行為だ。警察は、実に恐ろしい存在だ。逃げ回る自分が惨めなこと、悲しいこと。俺の頭の中に蹲るものはトラウマ、過去が癒えない、心腹の疾だ。数々の犯罪が脳裏を掠めると、俺の精神状態が錯乱し、俺は狂ったようにもがき続けた。ちょっとでも過去の実態に似たような経験をすると、頭の中が狂ったような錯乱に陥る。一度の失敗が脳裏を過ると叫び声を上げて俺の良心が、苦痛に歪む自分を癒す懸命な努力を図ったものだ。心腹の疾は、いかに頭を振っても、絶対に解消しない魔物だ。俺の心の中は、そんな魔物が住み着いていた。犯罪人にはいうな罪過ちへの、絶対の苦しみがある。俺を、塗炭の苦しみに追い遣った。犯罪を犯した人間の最大の苦痛は、自分の苦痛を裁きから避難出来ない刑罰への認識だ。罪深い人間の罪悪は、嘘をついて人を欺く手段に長ける。俺は懸命に善良になる夢を追い掛けたが、自分を欺くことは不可能だった。海容とは素晴らしい語彙だが、社会はそんなに甘くはなかった。人間は、自分の過去や過去を隠す習性が宿る。いや、全力で過去を隠す最善な手段に、一生懸命働く。善人になる唯一の手段は、街の人々を狡賢く欺く老獪な考え方が台頭いつかは、ロッキーに打ち明ける機会はあるのではないかと真剣に考えていたが、遂にその機会はなかった。自らの犯罪を暴く行為が、いかに困難かの実質を学んだ。実行できないとは、優柔不断という意味だ。心腹を輸写すという素晴らしい言葉があるが、ロッキーが善良な市民だという認識が脳裏を過ると躊躇し、自分は疚しい過去はないと振る舞うロッキーの圧倒的な性状奔放な姿の前に躊躇した。人間は皆、世間は張り物とか、世間師と開き直って、社会を欺く手段に長ける。俺は何時も青空に向かって罪深い自分を懺悔したが、願いを受け入れてくれる神々の姿はなかった。慈悲具足の、仏もそうだ。自分が生きて行く上で一番大事な神は、信念と信条だった。俺の使う神々という語彙と概念は、信仰ではない。この俺の犯罪歴は、収監されて永遠に解消するものではない。俺は今日真実を述懐し、この街の善良な皆様方に聞いて頂いて、やっと頭の中が空っぽになった。これからは、ぐっすりと眠りにつける。ローズと一緒に、夜の時間を楽しみたいものだ。ロッキー、帰って来いよ。また一から、やり直そう。待っているからな。心服の友は、お前だけだ。必ず、帰って来てくれ。これからは、俺の夢に向かって経上がって、社会に凌駕する人間に成長したいものだ」

ジャッキーも真実を語った。溢れんばかりの涙を流す。隠す、理由がなかった。五体が真実の前に痙攣し、過去を懺悔する自分の姿と逮捕に怯えた。

「俺が歌ったあの歌詞の裏に、俺の真実が隠されていた。大勢の人間を欺いての生活、オートバイだけではない俺の犯罪の数々ジャッキー、済まなかった。俺もお前を欺いていた。このオートバイは五年前南部の街で、俺が街角で略奪したものだと非常識に、お前に肺肝を摧《くだ》く勇気はなかった。俺には良心の呵責があって到底、できなかった。この街の犯罪者は、俺一人だといつも思っていた。皆いい顔して、真顔が輝いていた。俺も皆と同じ、模範的な街の住民でいたかった。過去を忘れて、生きていたかった。俺は常に自分の時処位を冷静に見極めて明哲保全、克己復礼に卓越する処世術に徹した。人々への善意と好意の躬行実践が、俺の窮地を救っていた。ミッチーに、真実を語る機会と勇気はなかった。偉そうな格好してさ、俺は立派な人間だよとのさばる滑稽なピエロだった。俺はいつも、このピエロだと思っていた。いつもびくびくして、神経質に自分の犯罪を隠し、理性を弁えた紳士的な振る舞いを実践した。木にも草にも心が動く。茅の穂が舞い上がる、自然な営みにも俺は怯えた。茅の穂が飛べば、警察へと連絡が入ると思うと戦戦恐恐とし、錯覚するほど怯えていた。人間は皆、自分の悪事を隠して、他人の悪事を把羅剔抉するこの世の処世術だ。これで、楽になったよ。これで、俺の本当の自分に姿へと蘇った。いつかはこんな結末を迎えるのではないかと、未遂の故意を意識していた。だから、このゴースト・タウンは、絶好の隠れ蓑だと考えていた。悪いことは出来ないものだ。ミッチー俺は、お前を欺いていた。許して、ほしい。お前を抱いているとき突然、蘇る過去の疾病に、俺の性愛が萎びるほどの衝撃と苦痛を、度々経験した。自分の過去が嫌になると心の中で無遠慮に叫び、俺の良心が呻き逆らいのた打ち、わななき俺を苦しめた。極度な苦痛が、俺を徹底的に追い込む悲劇を体験した。途中，お前を抱く愛と欲望が苦痛を唱えた。精液にも、喜怒哀楽が潜む。嬉しい時は嬉しい時で、歓喜に満ちた精悍な精液が大量に溢れ、悲しい時は悲しい時で、悲しみを訴える絶望的な精液が股間へと流れ落ちる。精液はいつも、男の喜怒哀楽を則った色彩に染まって、流れ落ちる白い体液だ。そしたまた、生き甲斐が蘇る神聖な液体だ。俺はそんな方法で愛と性を嗜み、この世の中の情実に懸命に耐え、社会を渡って生きてきた、済まなかった。ミッチー、子供を頼みます。きっと、純粋な真顔で帰ってくる。その時は過去を忘れ、気持ちよく出迎えてくれ」ロッキーは、滂沱の涙を流した。

「――」

分かっているよと皆が頷く。皆の顔も、滂沱の涙が溢れていた。短期的な収監とは云え、この街からロッキーを失う事態は衝撃的な出来事だった。

「ロッキー」とミッチーが抱き着いた。

「ミッチー、済まない」

「ロッキー、そんなこと、何でもないことよ。その言葉を信じて待っているわ」

「ああ、必ず、ミッチーの傍へと帰って来る。ジュニア、済まない。将来あるお前のお父さんが、犯罪者である事実は苦痛だ」

ロッキーは、そういうとパトカーに乗った。

最終章　麦秋への回帰

ロッキーを山麓へと見送るとミッチーは赤裸々に、その顛末への悲しみと愛、その経緯と成功物語を大胆不敵な語調で歌い始めた。

「将来へ向かって力強く歩み出した良俗な街に突然警察官が遣って来た
心腹の疾を炙り出す警察官との震慄的な出会いと逮捕その衝撃と驚愕は動顛だ
道理を破る法あれど法破る道理なしかどっと押し寄せる現実の苛酷が辛い惨い悲し
浮き世の無情とは色か海か風か絆か塵か習わしか弦か綱かそれとも詭弁か誹りか
世の中は空しきものと知る時はいよいよますます悲しかりけり昨日の淵今日は瀬
世の中は地獄の上の花見かな世に咲く花は徒花か社会のきてれつ矛盾の数々ああ無情

矛盾って社会に自分の考え方を相容れぬ秩序の上に成り立つ不可思議な複雑怪奇
法律の着帯を緩める道理はないのか誰が密告したのかあの街の善柔な自動車修理工

個人の高潔な志操と真摯を教訓に情実な社会に立ち開かった漸進主義への努力が惨め
合理主義や現実主義を標榜に掲げての考量と商量が考察する漸進主義が脆く儚く脆弱
猿が分度器で距離を測るいや米粒で地球の円周を図る不可能の実現が自己の体現だに
草莱を開く標置を成し遂げた快挙が尊い漸進主義と努力が根底から揺れる崩れる惨憺
自分自身の賦質に従って構想の実現を全うする努力に励んだが農民魂が愛しい
異端にしろ異質にしろ妥協を拒む信念と信条が戸惑わぬ凄絶な生き様はお前の主張
お前が設定した自己目標の達成へと日々の努力が叶える粘り強い畝立は自己誘導型
お前が己の目標達成へと繰り広げた非凡な努力が幾何級数的だったが無駄に終わるか
どこから湧き出るのか柔靭な柔組織が操る役牛と畝立への能率的な順応は圧巻だった
将来への確かな目的と目標が不本意に崩れ去る悲しみはお前の全人格への冒読と侵害
有益な構想への確かな努力と充実はそれを為し得た気概に没頭するお前の品格と特性

公式にしろ非公式にしろ不自然なこの国の価値判断と社会判断は勝者の論理が闊歩す
過去を払拭する性情と社会性は純真なお前が到頭する掛け替えのない野生的な性根だ
放浪者が体験した様々な葛藤と睨み合いと敵対的な競争場裏に勝ち抜いたのにな
成功への多様な機会や競争場裏は才気煥発なしかも冒険的で野放図なお前の野心だに
鬱勃たる羈絆を退ける目的と手段に死に物狂いな求索が無駄に終わる事態は深刻だ
貧しさのどん底から這い出す一途な願いが叶える努力の数々が無駄に終わる悲しさ
働けると言う喜びと働くと言う労働に没頭したお前の真摯が崩れ去るのか涙が零れる
覇気や意欲に喚起を促す数億個の野生的な分子が縦横無尽に駆け巡ったのはつい最近
どこから湧き出る数億個の野生の分子と柔組織が縦横無尽に駆け巡った驚異と驚嘆
アメリカンドリームの体現へとタヒリスの論理の踏襲が意地らしい昼夜の努力は怒涛
愚痴を零す機会も絶無な匹如身からの規矩準縄を追い掛ける標榜を掲げたは何のため
劣悪な環境に打ち勝つ精神力と独立心が自由奔放に不羈奔放に賭けた夢が萎れるか
この地に金字塔を打ち立てる壮大な掛橋を渡る努力が瞬時に崩れた悲しき社会の掟か
過酷なクルスを背負って社会の底辺から伸し上がる夢が壮大な路程で消え去るのかな

打ち拉がれた孤独なお前が振り返ってみればミニの自動車を弄んだ過去が無意味だね
なす術がない社会に抗って笑い者になった羞悪心を跳ね返した気散るじが元の木阿弥
大勢の学友たちはマトリックス組織への馴致を嘲笑ったお前の破天荒が枯渇憔悴する
刺激に乏しい己を叱咤激励した自己誘導型の覇気とアイデンティティーも消滅か
悠然と身構えてパンを齧る穏やかな時間は一回り大きい人物の威厳と矜持が張ってた
山麓を見上げてコーヒーを口に運ぶお前の泰然と身構えた物腰は非凡な青年を語る証
どこかか違うどこかがお前の全人格かどこが違う違うどこかかお前の全人格か不可解
国民の一人として社会の独特な哲理や自尊自意識を弁えて不羈奔放な逞しさは称嘆だ
世の醜い営みや毒気を放つ得体の知れない不条理と暴戻へ親指を上げるお前が愛しい
あのモチベーションもイノベーションも未熟な青年への類と崩れ落ちるのが情けない
社会の諸弊や価値観に憤然と立ち開った奔放で野趣的な精悍なお前が消滅したのかな
お前に襲い掛かる嫌がらせへの敵愾心を払い除ける死に物狂いな時間に耐えたのにな
農耕に不慣れな役牛を手懐ける数々の努力が開墾への貴重な一歩も思い出も消滅か
結果を満たす条件へ夕暮れも働く能率的な労働と疲労はお前の負けじ魂と競争場裏

役牛の足音に目覚めると朧月夜の月明りの中を山麓へと急ぐお前の凛凛しい姿か蘇る
目的意識が鮮明な目的達成への戟手は常に最善の努力を繰り返す己への鞭撻だった
目的達成への気酸じな若さと強靭な源泉を叩きつけたお前の真摯な方針と願望だった
タヒリスに挑む凄絶な極限へと自らを導く野心と終の棲家への目標達成が頓挫するか
労働への確かな情熱はたった一度の人生を成功へと導くお前の真摯な熱誠と矜持
余りに滑稽な役牛を操る操作が幼稚なＯＪＴは開墾への挑むテーマと夢物語だった
ＯＪＴを終えて益牛に託す開墾への凄絶な戦いと野心が徒労に終わるのか悲しい事態だ
働くことへの喜びを噛み締める健気な努力が能率を高める必死な姿があああ愛しい哀れ
地獄へ行きやがれと仕事の邪魔なプレーリードッグを怒鳴る憤慨と矯激は安全第一だ
野心が勤勉が冒険心が欲念が嫉妬が自己認識が切磋琢磨を怠る恐怖はお前の最大の敵
お前の考え方には発想はなかったが未知なる海へ乗り出す勇気と成功への気迫は超越
最高の結果を引き出す努力を重ねる人は出発より遥か前方へと導く自己誘導型の成功
慎重に浅い海へ乗り出す船頭よりか外洋へと乗り出す大胆不敵な勇気と実績は讃辞
成功への強い意志は不可能を可能に仕向ける力学が働く労働は見事な成果を約束した

凱旋を上げるのは俺だと力仕事に没頭するお前が体現するドリーム物語は円滑だった
川立ちで生まれ育ったお前にはミシシッピーの川立ちでの成功は賢明な処置だった
微微たる勢力が適える壮大な夢への抱負は娓娓たる努力の積み重ね千重の重みだった
何が最善かと常に自問自答する高等な手段と絶え間ない厳粛な姿勢は讃辞に価する
侮りを受けるのは畏敬な価値観や高遠な見識に疎い愚か者たちの妥協や譲歩のはずだ
乳と蜜の天使たちが蝟集する健全な異見が霊夢のバスタイムを将来へと据え置く制約
あまりにも多くの悲しみや不幸を背負いながら健気な生き様が尊い人間の尊厳と厳粛
朝霧のように儚い命を大地に叩きつけて黙々と働いた夕闇への続く夢が萎びた恐怖
あの土砂降りの中で怯まない畝立への一途な思いと執念は麦秋への豊穣だったのに
私のために家庭のためな自分の夢のため死に物狂いに働く時間が楽しいと宣ったのに
お前の鍛えた柔靭な腰と華麗に連動する体位と情熱に魔法の様な快感に私は痺れたに
山霧の覆う山の端で抱いてもらえば啜り泣き胡坐の上で悶える喜び初夜よりか新鮮
脱げよ脱げ脱げよもっとこっちへ来いよ見せて呉れよと情熱的なお前には脱帽と驚嘆
仕事中の俺の所へ来る時は潔くスカート一枚の方が能率的効率的と宣う実に面白い男

はち切れんばっかりに堅く勃起した股間は脱ぐ時間も辛抱出来ないほどパンパンだ
麦穂へとあと数か月四季の繊細な移ろいと農家の模範的な生き甲斐と鼓動が波打つ
自分を常に見つめる冷徹な反省と漸増主義が適える成功への足音が他愛ない結末
我々は神々を瀆神した記憶はない寧ろ篤信的でさえあったのに誠に残念無念この矛盾
夕餉の支度を終えた妻の合図を振り切って黙々と成果に挑む凄絶な農民魂は勧農だ
石地も赤地も厭わずただハングリー精神がまっとうする凄絶な賭けは運鈍根充分条件
意思の在る所には方針苦節とか面壁十年とか成功への概念や経緯はお前には不本意だ
成功物語は非凡な経緯や背景がなくては努力の甲斐や開墾への魅力が半減すると宣う
成功への試練と期限や努力はそれを志すお前の普遍的な経緯か背景には違いなかった
混沌と異郷の地をさ迷うお前には月並みな論理はなく誰とも気棲を合わす理由はない
光彩離陸な殻倉をこの世の中に送り出す凄絶な冒険と挑戦若いお前には得意な分野
果敢な行動範囲を全人格に委ねて三面六臂な労働が適えた結果と成果が逮捕とは憤怒
夢と野心を胸襟にこの蜜と乳の溢れる大地に挑むお前の真摯な姿が愛しい悲しい辛い
お前は賢さは自分の欠点弱点を理解しての自分自身を尊重する一見識一隻眼一家言

寡黙だが心の中に宿る壮大な構想はお前だけが心の奥底に仕舞い込んだ野心と将来
常に壮大な構想を掲げて寡黙な確かな将来を展望する破天荒な深層心理は讃辞に値す
自分の羞悪心の克服に死に物狂いな日々の努力が叶えた成功への確かな一歩が崩れる
目的達成への強靭な手段は計画の実行と挑戦社会条理に則って挑む先鋭的な凄い理知
普遍的な概念で拒み破天荒な構想の履行へと立ち開った原理原則はお前の持ち味浩蕩
この儘朽ち果てる悲しみは御免だ無謀な命題へと挑む格闘は真剣勝負道標と標榜
自分の宿命を自らの手で切り開く賜物は自らが手にする運命に打ち勝った確かな証
泥沼を抜け出す破天荒な死に物狂いな闘争心は地獄を彷徨った男の気概気迫衝撃的だ
力って結果と成果がなければ元の木阿弥労働への成果と結果は凱歌の香りを放つ富
日焼けした顔面の不自然な皮膚の縞模様は懸命に働くお前への太陽からの奨励贈り物
日日顔面への痛烈な戟手は朝晩己を激励する自分への魂の籠った叱咤激励だっただろ
今日一日弛むではないぞと段取りへと自らを導く顔面に浴びせる戟手は効率と能率だ
優秀過ぎるのかその非凡な能力が適える臨機応変と融通無碍な素顔は驚嘆に値した
いかなる仕打ちにも耐える強靭な覇気に社会の論理と倫理が私たちに跪くだろう

社会にいかなる混乱が勃発しても私たちの信念や信条は冷静沈着狼狽はしないだろう
社会に弄ばれた悲しい体験と経験は私たちに強靭な生き方を示唆と黙示する盤石だ
太平洋の水を呑むという絶対の不可能に挑んだ発想と野心理想と現実と自己の実現
私が具瞻するのは荒々しい未開に立ち開ったお前の情熱が叶えた穀倉地帯が聳え立つ

ロッキーお前は八十億人の男性の中から選りすぐったたった一人の亭主それがお前だ
この地が終の棲家だタヒリスの論理を終局に夢と希望が定着する究極の棲家と栄達
早く帰っておいでよお前に寄り添う安堵感妻の喜び安らぎ潤い交わす会話と左提右挈《さていゆうけつ》
いつもいつもお前の留守は不安と恐怖誰かが私を人勾引する怖い怖い夜が来る
孤閨な夜はトラウマアンニュイメランコリティー焦燥私は生身だ過激な性愛が欲しい
ロッキー悲しいけど私はもう泣かない泣き言は言わない泣いて何が解決するのか
ロッキーお前は私の鉢だ私は時を分がわず小さい鉢の中で咲き誇る花柳葉ルイラ草
竈の煙はロッキーお前が我が家に帰るたった一つの道標」

「長かったなあ、ロッキー。釈放だ。お前は、賞遇の一人として雪冤、この刑務所の模範生の一人として頑張った。実に、素晴らしい実績を残した。お前の、凄絶な全人格には驚嘆だ。冷徹な論理観が、お前を支配しているぞ。お前はもう、犯罪者ではない。立派な、人格を備えた社会人だ。ただ、なあ、分かるだろう。六か月、刑期の短縮だ。これは、お前の持ち物だ。返しておく。二度と、来る所ではないぞ。前科は消えないが、気にするなよ。社会の人々は皆、いい顔しているが、何かの犯罪や欠点、弱点や劣等感を抱えて喘ぎ、天網に怯えている。ああ、人間という奴はな、偽善者の類、羊頭苦肉か偽善者の類だ。奴らは、魑魅魍魎な世界を構成する厄介者だ。陰に回ったら、何をしているか皆目見当の付かない奴らだ。夜郎自大に身構えてな、社会でのさばる無能な奴らが、伏魔殿を構成する魑魅魍魎だ。贅疣な奴らが、己の劣等感を癒す手段の一貫としての善柔が、人々を中傷批判する卑怯暴戻な手段には虫唾が走る。人々に対して礼節と秩序を重んじ、また敬意を表すような立派な考え方を持った人間は少ない。そんな奴らは自分を何様だと思い込んでいるのか旗幟鮮明、紛う方無きだよ。性格の卑しい人間ほど社会でのさばる。そして、人を笑う。嫌われ者が、人を笑う。そんなに、人様の悪口が面白いのか。皆、悪の権現だ。要領を使っ誕妄を吐いて罵倒、人を陥れて把羅剔抉、社会を闊歩する輩だ。善柔に、人々を欺く卑怯暴戻な奴が疎ましい。ロッキー、お前はそんな人間にはなるなよ。天の網に、掛かる。いろいろあっただろうが、一から出直せよ。神々が、お見通しだぞ。最後の機会だ。ああ、そうだ。オーチャン警部が、お前に会いたいと電話が入った。会ってみるか。ターナス通りに、派出所がある。これから、非番だ。乗せて行ってやるよ」

自動車は、街の半ばへとハンドルを切った。

「ここだ。いるいる。会って来いよ。元気でなーー」

「おお、ロッキー、釈放、おめでとう。よく来てくれた」

「警部、俺に何かの御用ですか」

ロッキーは、相手が相手だけに不機嫌だ。

「ああ、そうだよ。俺の、素晴らしい用事だ。一つ、ゴーストタウンの市民に、伝えておいてほしいことがある。丘陵を降りながら耳朶に飛び込んできた数々の詠歌と、春夏に富む純粋な述懐、いや自らの犯罪を暴露する披陳、畢生《ひっせい》へと自らを地平の彼方へ導く破天荒な、心状奔放な男女の青春の息吹を感じた。俺は、感動の坩堝に追い込まれた。あんな、凄絶な詠歌と真摯な叙事を直接耳朶に聞いた記憶がない。俺は瞬時に車両を停止し、心静かにじっと耳朶を傾け、その偽ざる畢生の、真実の、叙事に耳朶を傾けた。あれは強制ではない、自白でもない、自らの懺悔と訓戒だ。恐らく数々の感動を呼ぶブロード・ウェイの、歴史的な舞台を振り返っても、あれだけの感動的な舞台はないだろう。そしてミッチーも、ジャッキー、ローズも、自分の犯罪を赤裸々に市民の前で述懐した。初めて彼らは、自分の過去を暴いて、青天白日の下に晒し出したのだ。彼らの述懐は勇気、気迫、喜び、人生の素晴らしさを、楽しさ、働く人間の喜び、薄幸な自分に怯まない闘志、そして良し悪しを分別する素晴らしい自己への懺悔だった。ミッチーを、ジャッキーを、そしてローズの検挙を考えた。が、彼らの犯罪歴を精査した結果、犯罪に関わる書類は、残念ながら見当たらなかった。誰かが意図的に、罪歴を消去した可能性があった。書類がない以上、彼らの逮捕は不可能だ。不告不理の原理かな。逮捕、訴訟は絶望だ。全員、無罪放免。過去を忘れろと伝えておいてくれ。それが彼らへの、最善の処置だと思う。俺もこの年になって初めて、警察官として、自分の職務を冒読、犯罪を起こした。一つ、いいことをしたと思っている。功罪相償うという法則かな。素晴らしいことだ」

「警部、ありがとう。感謝で、一杯です」

「ロッキーには素晴らしい友達がいるなあ。彼らは、素晴らしい人物だ。麻の中の蓬か。一人独り慎むか。素晴らしい語彙だ。この世の中に、そんな言葉があるとは知らなかった。俺も一つ、賢くなったかな。その素晴らしい心構えと気概は、素晴らしい市民を物語るな」

「――」

ロッキーは、警部の配慮に感激した。

「こっちへ、来ないか。俺は若い時、オートバイが欲しかった。家が貧しいので、買って貰えなかった。懸命に働いて、手にしたオートバイだ。高校生の頃、だった。この中にその、オートバイがある。大事に使ったから、新品同様だ。ロッキーは、オートバイが好きだろう。ロッキー、お前に譲るよ。名義の、変更もしてある。持ち主はロッキー、お前だ。しかし、譲るには、一つ条件がある。守ってくれるか。絶対にオートバイに飛び乗って、ゴースト・タウンから、新しい街へと彷徨ってはならぬ。名義人の住所は、ゴースト・タウンだ。あのゴースト・タウンを終の棲家に、雌伏の成就に夢を託せ。お前の野心が、待ち草臥れているぞ。お前なら、出来る。お前は、非凡な何かを持っている。ロッキー、遺れ。もう、お前を追い掛ける警官はいない」

「――」

ロッキーは、警官の言葉一つ一つに丁寧に、頷いた。滂沱の涙が溢れていた。

「ロッキー、俺はもう一度、自分の人生を遣り直したいと思っている。こんなはずはなかったのだが、こんな仕事に励んで半生を歩んできた。が、真剣に考えてみれば、これが本当の俺の職業だったのかとも思わぬこともない。就職とは、偶然だと書き記す哲学者もいるが、たった一度の職業に没頭、予想外な人生へと発展する奇妙な宿命に、違和感を感じないでもない。今度生まれ変わったら、素晴らしい子供に育てて貰って不羈奔放な、自由奔放な、俺の夢が適うような職業に就きたいと思っている。俺の夢？どんな夢かは分からないが、たった一つの夢を追い掛けてみたいと思っていた。人間って全く予想もできない職場に足を突っ込んで、大風呂敷を広げてのたうつ愚か者だ。家庭の平穏を支えるという極限の立場を考えると、冒険や危険へと打橋を渡って、無謀な夢を追い掛ける揺蕩な決断には、二の足を踏むものだ。足を洗って出直すという危険と不安に怯える既存の、生活への強い意志と責任感と家庭への強い絆が理想的な、安定的な秩序の維持と尊重に従う羽目に陥るのだろうよ。そんな俺にも、夢があった。笑うではないぞ。そうだよ。太西洋の水を飲んでみたいという絶対の不可能に挑戦、開物成務という誰もが考えない奇抜な発想を、鴻基に据えての事業化への夢だ。一つ、でっかい何かの実現を実行に移す気宇壮大な、破天荒な夢だ。なにも出来ない癖にな、夜郎自大に身構えて支離滅裂な、本末転倒な、荒唐無稽な、誇大妄想基狂的な、狂気に等しいマスター・プランを一つ掲げて堂々と、真剣に挑む破天荒な考え方に夢や理想を掲げて、死に物狂いな努力が適える要因が歓喜に等しい人生が実現すると思う。まさに、絵空物語に等しいが。不可能はないと語る語彙もある。人間は考える葦だと語る哲学者もいる。俺は社長になりたかったが、でっかい夢を掲げて送る人生もあるだろうが、細やかな生き方が、俺の確かな人生だと思わないでもない。こんなはずはなかったと自分の半生を振り返ってみれば、どっと悲しみが沸き起こる。なぜこんな悲しい人生を歩むようになったのかと考えると、滂沱の涙が溢れる。日々、こんな生活にあくせくと働く自分が嫌になることもある。我が子を育てる、家の借金を払う、死に物狂いな努力に没頭する、自分の姿が悲しかったり、寂しかったり、楽しかったり、幸せであったり、喜びであったりするが、男ってこの程度の物かと考えるとどっと涙が吹き出す悲哀。我が子には、こんな惨めな生活をさせたくはないという一途な思いが脳裡を過る。もっと賢い聡明な、素晴らしい女性と結婚していたならばと瞬間考えるが、俺がこの程度の男だからと考えると納得妥協、これも致し方ないのかなという結論に達する。今度生まれ変わったら、もっと素晴らしい男性として生まれたいと思わないこともない。多くの女が惚れてくるような、素晴らしい男でありたいと願う。人生って、皮肉の連続だ。人生とは、一体何だろうかと、いつも考える。俺にも数々の秘密を隠す悲しい過去が俺を苛み、のた打ち回る苦痛に喘ぐ。俺も人には、絶対知られたくはない秘密を抱えて人生を歩んできた。人間って皆、人には言えない悲しみや苦痛を抱えて人生を歩む悲しい生き物だよ。俺は、今度生まれ育った時は、気宇壮大な夢の描ける青年へと成長したいものだ。今度生まれたら俺は、共和党のアメリカの大統領となってホワイト・ハウスで、辣腕をふるって見たいと、荒唐無稽な夢をみている。ワハハハ」

「男には壮大な野心が不可欠だ。野心が男を育み豊かな人生を約束する原動力になる。俺は原野を彷徨う根無し草だったが小さい夢の一つを立ち上げる漸進主義的な努力に全うした。しかし、得隴望蜀という限りない男の欲望が未来を志向する現実は、否定はできない。

これから、じっくりと将来を展望する夢を描く考えだ」

ロッキーは大きく頷いた。大きい夢ならば気概が篭る。

「お前は、凄い男だ。お前は、どこかが違う」

ドアを押し開けると新品同様ピカピカの、オートバイがあった。

「このオートバイを、俺にくれるのか」

こんな俺といった時、ロッキーの目頭から滂沱の涙が溢れ出た。瞬間激しい憤りの視線を投げ掛けて自分を逮捕を見守った彼は、その警察官に博愛に涙を流した。

「このオートバイは、大事に乗ってきた。ロッキー、このオートバイを譲る相手は、お前しかいない。もう俺は、オートバイに飛び乗る歳ではない。飛び乗れば、警察の厄介になる。社会に、迷惑が掛かる。将来有望な、少年少女たちは、犠牲にはできない。これに乗って、ゴースト・タウンへ帰るのだ。皆が、待っているぞ」

「警部、ありがとう。本当にもらっても、好いんだな」

ロッキーの視界から、止めどもなく涙が溢れた。

ロッキーは、外へとオートバイを押し出した。抑えきれない涙が流れ落ちた。

「ああ、ちょっと待てよ。これこれ、何もない所だ。買い物も大変だろう。皆への、お土産だ。持って帰れ」

「警部、ありがとう」

ロッキーは、そう言うとハンドルを切った。しばらく走るとまた警部の前に舞い戻り、見送ってくれるオーチン警部に、鄭重な挨拶を送った。社会に虐げられた俺が、自分を見捨てた社会の一員の配慮にまた、滂沱の涙を流した。

自分本来の姿を、ロッキーは取り戻した。一から、やり直そうと決意を固めた。ミッチーに会いたい。ジャッキーに会いたい。ローズに会いたい。皆に会いたいと思いが募る。麦穂に、会いたい。そろそろ麦秋だ。小麦ができる。夢が広がる。さあ、あの大地に帰ろうとロッキーは、叫んだ。ロッキーの脳裏に、気宇壮大な夢が再び沸き起こった。

「――」

ロッキーの耳朶に瞬時、ジャッキーの演奏するジャズ音楽アイム・ビギニング・ツゥー・シー・ザ・ライトの、軽快なリズムが飛び込んできた。

ロッキーは、オートバイのハンドルを左手で握ると、高らかに拳を振り上げ、壮大な歌詞を歌い始めた。

ロッキーを興奮の坩堝へ導く数々の、喜怒哀楽の断片が万華鏡のように脳裏を掠めた。心の中に秘めた数々の屈折や屈辱、凌虐、盤根錯節、紆余曲折が爆発的な詠歌を歌う源泉となった。

「呻吟い続けた青春の終わりを告げるベルが鳴る鳴る耳朶を打つ快哉快感雄叫びだ澎湃として沸き起こる青春を有意義を威嚇する成功への道標は理に適う構想と夢気概の籠った指が握り締める握《にぎり》柄や犂柄《かじとり》は俺を夢を叶える唐鋤と役牛を操る道具草莽を小口から鋤挙げていく犂先と犂床の難い大地を掘り起こす能率は快感に等しい百万ドルが本当に自分の小遣いか否かは成功への努力が俺の成果を語る目安だった無際限に沸き起こる成功への頑なな勢いが挑む戟手と破天荒な日々は讃辞に値する愚智の一つもいえない究極の追い詰められた人間が劣悪な環境に打ち勝って雄叫び感動って自分の努力が為し得た結果と成果への狂喜乱舞に等しい熱い思いを語る語彙母斑的な過去の煩雑が色揚げが成果を引き出す贅沢な時間は俺の気散じを掻き立てた

非常に危険な開拓への決断だったが追い詰められた人間の真骨頂か素直に喜びたい
賭けに等しい非望が叶う醍醐味な構想の実現は滂沱の涙が溢れる金字塔は規矩準縄
優れた者への頑なな癩の瘡恨みを背景に俺の努力の爆発と無限な闘争心は負けじ魂だ
成功への巨大な弊害の排除が喫緊のテーマ順風満帆は進捗は駿足長坂の出来事だった
さ迷い続けた空しい数年間の集大成が為し得た黄金律と充分条件は視界の一望千里
青春とは社会を混乱へと導く始末の悪い過渡期を闊歩する白面郎な奴らの代名詞か

武者震する青春の媒体と伴侶のハンドルを握って以来すでに十年数年の歳月が流れた
そういえば俺は健全に機能する良俗な社会へ無遠慮な背信行為を繰り返す厄介者だ
我が身を危険に曝す非生産的で無防衛で危険な瞬時を絶妙の手段で回避するスキーム
記憶に残る数々のインシデントに喜びを見出す危険な暴走は路面社会の犯罪者だった
法定速度を数十ポイント上回る速度と危険な瞬間の変則的なハンドル捌きは名誉名声
非生産的で無謀な青春譜の数々のスキーマが脳裏を過るが戦慄的な行為は俺の勲章だ
振り返ってみればぞっとする割込みと加速危険な蛇行運転は歓声と歓喜の絶妙の手順

公衆の面前で公然と競う無謀な行為は共有形質路面上で体験した不名誉は逸話の一つ
絶妙なドライブテクニックで回避した一瞬の危険な手段は俺の青春の英雄的な行為だ
無謀が当たり前のこの時期危険な体験とスリルへの挑戦と不名誉は俺の逸話的な暴挙
日々無謀な立案に則った疎狂な振る舞いは自己満足と社会への背信行為と自己の冒読
過激に吐き出す官能的な騒音をBGM見知らぬ街を駆け抜ける暴挙はウェルネスの証
無謀や狂気は青春の不文律健康な青年の英雄的な無謀はこの時期逸話的なスキームだ
青春と名乗る愚か者たちの青春の不文律と疫病神は自愛自覚自重のない輩の類だ
無責任で無秩序で無自覚で無関心で無鉄砲で気儘で命知らずの特徴傍若無人な青春
一瞬に駆け抜けたルート66の路面は小さい小さい俺の思い出の一つとして脳裏を過る

順風満帆な青春が不自然にさ迷いを始めたのは除隊後就職した会社の退職に始る
感動的な将来への希望と夢を乗せた職場が非近代的な秩序の闊歩する旧態依然は驚嘆
初めましてと二次集団への謙虚な姿勢が日々時系列に崩れる信頼関係と仕組みは意外
社会に飛び出した瞬間健気な格率と礼節が社内の慣例と冒読に直面する悲劇の体験

配属の瞬間からなぜか随時フォーマットシステムへと募る違和感が窓越し垣間見える
コツコツと努力する者が報われるという社会常識に無縁な人間関係と仕事との乖離
旧態依然な組織が闊歩する俺に不向きな上下とユニークな発想と奇抜な構想の退化
ファンキーな独創や個性豊かな好奇心や意欲的なピースミルな気概が荒廃する違和感
讒佞《ざんねい》至極の入道同僚のレベルを誇り上に諂う可笑しな奴らの存在に嫌悪感が過ぎる
原因といえば経上がった管理職の痴れる管理能力と遣っ付け仕事への順応と反発と
己のミスティクと無能を巧妙な手段で存置する手合へのさり気ない艦戒《かんかい》は左遷の序曲
函蓋《かんがい》相応ずという語彙の上下関係が不自然な一致は職場の荒廃へと深い人間関係だ
妥協と譲歩が本質イノベーションとモチベーションは社会の乖離烏合の衆と受け売り
新しい酒を古い革袋に入れる知恵のない奴がのさばる地位に就く不自然な要領と主義
新しい酒を古い革袋に入れろ職場の見直し集会は所詮座上の空論と押し問答蒟蒻問答
都合の良い結論へと意見が糾合する曲論や戯論が終始会議を圧倒する進歩改善は無理
非生産的な秩序が拡大再生産活動の共有形質遣っ付け仕事が悲しい哉主流の流れだ
俺のユニークな発想を黙殺するイノベーションとは無縁なピーターの遣っ付け仕事だ

品質管理と黙々と流れ作業に従事する人々のその場限りの無責任なシステムは御免だ
一日膨大な品質ロスは解決する糸口を見出す努力が無縁な面々が生産を牛耳る現実
職場との妥協を拒む俺の真摯な志操と信念が無遠慮な方法で受ける厳しい評価は罪悪
ペッキングオーダーってピーターたちの屯す職場の遣っ付け仕事が主流のお仕事だ
マドリングスルーって一体何かと問い質せば回答が帰ってこないその場限りの仕事
モビセントリックっていかなる人事かといえば非能率な社員を配置転換する上の愚行
マトリックス組織って度々組織名を変更しての活性を促す無意味な組織改革の一貫だ
コストコントロールの精神に疎い商品の流れに無駄が多い愚か者たちが遣っ付け仕事
働く者たちが一々クレームをつける品質管理に対応できない可哀そうなピーターの群れ
経費節減という方針に対応出来ない管理職の遣っ付け仕事が不満な社員の反旗と苦情
口先と容喙の論理に長けた口だけで何もできない奴がのさばる出しゃばる無能と無駄
夜郎自大な男よお前のどこが立派かどこが賢いのか一度は冷静になって己を振り返れ
虎の威を借りる愚か者の論理と遣っ付け事の価値観がお前のレベルを物語
ソーシャルテンションとソシオグループとの打ち解けない正義感と論理が嫌方を促す

発想を変えろだってお前に発想がないから拡大再生産活動を繰り返す不良品の山と山
言承《ことうけ》よしの異見聞かずと日々のルールを踏襲遣っ付け仕事が罷り通る製品の衰退悲
Cの副生物への無頓着な実態に疎い社員の存置が意味するものは刻舟《こくしゅう》へと刻む悲しみ
虎口《ここう》の讒言《ざんげん》が堂々と罷り通る職場は同根を流す老獪な受け売りが普遍的な進級の糸口
虎口は職場での糧の手段と孤鴻《ここう》への激しい反発とにくしみとねたみだ
俊傑に振舞う人物を破壊していく地位という名の手荒い手段に泣くファンキーな社員

レディネスな社員の存在の発見はゼロに等しい巣くう職場は旧態依然の職場環境
嫌方へと穿つ悲しい秩序は颯爽と働く俺に対する嫌がらせと虐めへの苛酷な仕打ちだ
気概や意欲を喚起する数億個の見識が躬行実行へと導く志操が永遠に失う悲劇を穿つ
ワンダーボーイの俺の発想が言承の倫理に萎びる職場での衰退と前途は多難と悲劇
青春を賭けて頂いた職場が時系列な営みの中から存在感を見失う不運に将来性はない
いずれ形骸的な時間の流れと循環は自分への冒読と抜き差しならぬ最悪の結末が待つ
自分本来の論理を本質に自分の才覚に委ねた生き方への無謀と決断は確かな渇望

お前たちは俺のモチベーションとイノベーションを引き裂いたが俺は冷静沈着だった
賢い奴の決断か一人二人と去っていく悲しいレイバーターンオーバーの進捗具合は鬱憤
今日もまた一人寂しそうに肩をすぼめた青年が荷物を抱えてどこかへと消えていった
俺もその一人か悲しい組織から模索すれば将来は絶望と無縁な乳と蜜へと立派な構想
好きな所で好きな様に暮らす夢物語は実在するのか否か嫌悪する職場の無謀が圧迫す
賭けに等しい非望な構想が叶う緻密なスケジュールは実在か否か大胆な野心が脳裏に
転職に夢を追う将来的な考え方が正当か否か高運か否か俺次第で決定だ責一人に帰す
ショウ・ン・テルのカリキュームで資質を磨いた俺がただこの一番で競走場裏への敗北だ
俺が職場を去ったのは入社後六か月に満たない十月は秋の暮れ、新しい運命に挑んだ

日々に亘って社会の随所でぶつかり合う過激な俺の生活手段と志操は信念信条と闘争
愚か者が社会を相手に無遠慮に立ち開た青春の数々の行動原理は真に溢れ者の譫言《うわごと》か
社会の不条理非合理不合理と逆境に抗って立ち開た俺の荒っぽい真実の青春が終わる
社会に巣くう忌まわしい悍ましい疎ましい気まずい性善説やドグマともお別れの時だ

苦痛の真っ只中社会の論理を退ける図太い性格や野心は混沌の社会では共生か充分条件
ホモジニアスな人間のトラウマに堪える非妥協の精神は社会で学んだ特技と感性だ
泥塗れで理想を追い掛ける俺の巨大な構想が畝立てを叶えば掛け替えのない尊い闘争
俺が体験する悲しみや惨めさに打ち勝つ強靭な刃物が社会の不条理を切り裂く破壊力
滑稽な思い出や戸惑いの一つずつが日々適えて行く累積な光景は俺を掻き立てる道標
鬱勃たる深層心理が構想へと導く目的と手段に捨て身で挑んだ青春もそろそろ終りか
ライバル意識とジェラシィーを盾に耕起に鎬を削ったジャッキーとの競争場裏と角す努
力は平和裏に終わるのかな
ジャッキーに敗北する悲しい事態は将来を宿望する俺の決定的な悲劇を物語る結末
よく頑張ったという鬱勃な不言実行が仕掛けた弛まない努力は誰も知らない真実だ
俺の柔組織と全人格が叶える源泉が凄絶な闘争心は修羅場も恐れぬ背馳と背反だ
社会と離反する俺の柔靭が拒む凄絶な熱量を蓄えた柔組織は讖緯的飛躍的躍進的だ
俺の無遠慮が偏執的に有利な充分条件へと導く実践道徳と行動半径は熾烈そのもの
俺の情熱的な野心と標置が宿る破天荒なノルムはアグレッシブとエネルギッシュだ

社会の概念に一々抗った俺の叫騒的な反旗を嘲笑った奴らが滑稽に見える成功の獲得
片利共生的な境遇から脱皮を図る過激な競争場裏は宿命的に俺の努力と方針と願望だ
社会の諸弊に頑強に刃向かう強靭な意志が社会の力学に躓く憔悴と自暴自棄は未体験
たった一度の青春が挫けた儘ならば絶望的野心に向って経上がる強烈な意志が崩壊だ
夢も希望も途絶えた俺の捨て身で挑んだ反骨精神と根性の気散じと踏ん張りは讃辞だ
発想とは構想野望とは道徳実践とは破天荒な志操が叶える自己誘導型の自己の実現だ
ファンキーな独創性や豊かな個性が育む発想やピースミル的な考え方は青春の情熱だ
キャンバスで学んだ学識は職場から離脱の冒険と将来を展望する無謀な俺の座標軸だ
いつもいかなる時も常に煩雑な社会から溢れる不協和音が俺の確かな滋養と鼓舞激励
人生における幸運と成功へ直接的に関係する習慣を形作るのは青春の一時期だろう
数年後に備えて志操と野心へ確かな一歩が叶える盤石と得隴望蜀がすでに動きだすぞ
拾戒が俺を叱咤激励する根幹は非妥協の精神とモチベーション、イノベーションだ
人生無理酒を煽って自分をふすべ顔で欺いたところで無意味そんな男は御免被る
成功への脱皮と最短距離はアメリカナイズへの純粋なカタルシスとカセクシスだった

自分の意志と手段でスマートに越階的に経上がる経緯が自己発現へと特徴的だったな
さまよえる猶太人《ユダヤ》の終局の目的意識と目的達成へのタヒリスの倫理は俺の成功へと踏襲だ
乳と蜜の溢れる豊かな社会での成功を願う一途な偏執と物色には無駄ではなかった
さ迷い続けて過去は惨めな惨いその惨めな思いを形に変えた俺は捨てた物ではない
俺をみちびく壮大なよすがが小たたび源泉となって新しい社会へと飛び出して行く認識
は破天荒

荒唐無稽な構想が支離滅裂な夢が本末転倒な考え方と狂簡が仕上げた立派な麦秋だ
根無し草って落ち零れ社会で役に立たずではない確かな帰納為せば成る成る夢が成る
二組の組み合わせが滑稽な性愛を奏でる草莽は夢と希望を叶える将来へと物の哀れだ
澎湃として沸き起こる青春のダイナミズムに奔騰する憧憬と深愛は自然の法則と絆
過酷の源泉が意馬心猿の逸物の勃起は精神衛生と健康管理への確かな性愛と絆夫婦愛
ミッチーそろそろ二人の性愛への契りは淑女的な場所が妥当と考えるがいかがかな
生涯への思い出か二組の夫婦の脱いだり穿いたり多忙驚嘆の光景が飛び込む草莽だった
気配り心配り目配りと予知予測予防と性愛とは危険予知と精神衛生と確かな安全掲示板

青春とは一体いかなる個性を備えた複雑怪奇な個個人かまだ正体が不確かな白面郎だ
青春の倫理は狂気無謀勇気成功自尊挑戦誇り自負知恵知識信念努力決断実行純粋気概愛
そして確かな論理観と倫理観だ
俺の青春の軌跡《きせき》も倜儻《てきとう》不羈《ふき》と不羈《ふき》奔放《ほんぽう》と自由奔放が由来と哲理の生き様だった
それにしても社会って汚いなあ。魑魅魍魎が跳梁跋扈する虎口の世界だ
俺は過去の不幸を踏み台に沼沢から這い出し公準と公理を盾に梁山泊へと挑んだ
十億ドルの会社創設は絵空物語に終わったがしかしこれが俺のレベルと考えると妥当
青春が終わる時間の到頭は社会に取り残されたような感慨無量と不可思議な精神状態
パレート最適が人生のキャスティングボートと黄金律俺の規矩準縄と金科玉条だろう
俺の覇気や気概に喚起を促がす数億個の見識の高い分子が脳裏を縦横無尽に駆け巡った
記憶は実に新鮮だ
所詮徒手空拳な匹如身が地糖春秋の実際に挑んだ躬行実践規矩準縄な俺の自己の実現
俺の努力が正当に報われる成功への乳と蜜を支える公準と公理こそアメリカだった
己を子午線の頂点へと導く大円と天頂メリディアン号の出航と成功よ万歳

ワッハハ俺がその社会の実態を直接学んで不思議な青春を終えるのか
ワッハハハ自慰か青春の不満と怠慢と挫折感と不安と絶望感と鬱勃を癒す絶妙な高揚感と快感は未成熟だった青春の思い出だ
実にありがたく効果的だった自慰が俺を豊かな将来へと導く決定的な役割を果たす充分な条件が絶望をおさえた
ワッハハハそれにしても様々な経験が実に豊富なユニークな喜怒哀楽の青春だったたな
ワハハハハ媚媚たる努力と啓蒙の一途な方針と願望が盤石と根幹の破天荒な夢の成就だ
アアア世に逆らった気酸じで破天荒な生き様を全うした俺の青春はいかがなものかかな
ミッチーありがとう青春という名の無謀も終わり以後枕藉を枕に深い眠り就きたい
ゴースト・タウンよありがとう新たなお前の名前を刻む時が来た
ワッハハハワッハハワハハハハハハハワッワッワッハハハハハ

I did it, I did it、やったぜ!!

あの谷風習々麦穂を適える麦秋に向こう清浄無垢な風か西よりの風に穂波が揺れる

偏西風は豊穣を願う住民たちへのプレゼントか肯諾三十五万ドルでの回答快哉だ
素晴らしい眺めよ字々紋々な萌黄色の穂波が波打つ草莽原野に咲いた穀萩と花畑
青々と茂る丘陵地帯の俯瞰的な眺めは成功への確かな調べ協和音が奏でるジャム長歌
風の吹く勢い乗って花が咲く四季折々時も分けぬ咲き誇る柳葉ルイラ草は華麗な花よ
おお俺たちの雄叫びが聞こえるかな鬨の声が聞こえるかな鬨の声に麦秋が揺れる
早く帰ろうミッチーがいるジャッキーがいるローズがいるぞ
ミッチーよジャッキーよローズよ一からまたやり直そう空が青い覇気が青い
この街が滅べば俺が滅ぶ過去は葬ろうよ病弊は疫病神だ
あの炊煙終の棲み家へ帰るたった一つの俺の道標」

ロッキーは峠に差し掛かると，峠から俯瞰できる丘陵地帯に最大限の燃料を吹かし、ゴースト・タウンへ無遠慮な轟音を送った。

「ゴォォォォォォォォ」

怒涛の如く、時の綺羅が天地を裂くよう鳴り轟く。

ロッキーは、竈から立ち上る白い炊飯の煙に滂沱の涙を流した。

「ミッチー、俺の好きなピザ、作ってくれているかな。ありがとう」

ロッキーは、自問自答した。そう思うとまた、どっと涙が溢れた。

山並みを木魂する、オートバイの排気の轟音にミッチーが、ジャッキーが、ローズが飛び出して来た。

ミッチーは、二人の幼子を抱えていた。ローズも、二人の幼子を抱える母親だった。

「ロッキー・ジュニア、お父さんが、出張から、お帰りだよ。疲れたでしょうね。笑顔で、迎えてあげてね。ロッキー、お帰りなさい。ロッキー、右手で抱く子供は長男、草莽の子。左手の子は、家の中の誼にできた子よ。二人とも、お前にそっくりだよ」

ミッチーは、双子の子供を抱えて狂喜の表情で叫んだ。ローズも歓喜の表情だ。

「僕ちん、隣のおじさんが、ニューヨークから帰られたよ。お手てを上げて、迎えてあげてね」ローズも双子を抱えて、山並みへと視線を投げ掛けた。

「ロッキー、お帰り。おおまた、素晴らしい競争相手が、視界に飛び込んで来たぞ。お前との日々の緊迫感こそが俺へと確な、競争場裏を掻き立ててくる無上命法となのる哲理だった。お前とは、刎頸の友だ。俺がこの街の、副市長だ。そうそう、四、五日前にミッチーと相談、商談が成立した。価値法則としての諸成は、三十五万ドルの相場で成立だ。一緒には行けなかったけど、農機具のいい物件があったので中古を、契約を交わした。これで一段と、能率が上がるぞ。そうそう、俺も新しい家が、一軒欲しくなってな、今計画中だ。お前も、新築しろよ。アメリカの成功者が得意とする、でっかい家をだ。そうそうそうだ、忘れていたぞ。四、五日前に、プレーリー一帯の農家が結成した農業組合から、ダンス・パーティーを主催するから、参加しろとの連絡が入った。社会が、俺たち二人の実績と名誉を認めた証だ。お前は、タンゴが得意だったな。ミッチーと、一緒に踊れよ。俺は、ジャズダンスを踊る。そう、ロックン・ロールも好いかな。いや、優しいポピュラー音楽に合わす、ダンスのほうがいいかな。おう、ポップスも好いな。また一から、頑張ろうよ。ロッキー、お帰り。早く、早く、早く帰ってこいよ。もっと、早く帰ってこいよ。飛んで帰れよ。お前がいなければ、労働意欲が減退するよ。おお、刎頸の友よ、この街の英雄だ。そうだ、忘れていた。一か月ほど前に、五組の入植者が住み着いた。これからがまた、楽しみだ」

ジャッキーが遥か前方の、ロッキーに叫び、語り掛けた。

ロッキーの遥か前方を、数台の開拓者の馬車がＲｊ＆ｍｌの街へと向こう建設的な光景が飛び込んできた。

そろそろ小麦の収穫の始まる麦秋の季節だ。

ロッキーたちがこの街へ辿り着いて、一年目の春を迎えようとしていた。


完了。

〈著者紹介〉
谷岡浩三（たにおか こうぞう）
1937年4月生まれ。1956年 工業高等学校卆。
尼崎のファインケミカルの会社等で働き、定年
退職。年金受給者。現在契約社員。86歳。

ロッキーたちの青春《せいしゅん》

2024年3月22日　第1刷発行

著　者　　谷岡浩三
発行人　　久保田貴幸

発行元　　株式会社 幻冬舎メディアコンサルティング
〒151-0051　東京都渋谷区千駄ヶ谷4-9-7
電話　03-5411-6440（編集）

発売元　　株式会社 幻冬舎
〒151-0051　東京都渋谷区千駄ヶ谷4-9-7
電話　03-5411-6222（営業）

印刷・製本　中央精版印刷株式会社

検印廃止

ISBN 978-4-344-94993-5 C0093
幻冬舎メディアコンサルティングＨＰ
https://www.gentosha-mc.com/